악의
고해소

악의
고해소

오현후 장편소설

팩토리나인

차례

빗장을 걸다

그날 그 문은 열지 말아야 했다. 제아무리 신비로운 저 세상의 진실을 알고 싶다 해도, 미지의 영역을 현현한 실체로 꺼내보고 싶다 해도, 그 문은 결코 열지 말아야 했던 것이다.

"거기 혼자 살던 스님이 죽었어. 그 뒤에 다른 스님이 두 번더 왔는데 다 죽어나갔고. 그게 터에 서린 귀신 때문이래."

"귀신 같은 건 없어. 사람들이 다 지어낸 거야."

"있다니까. 거기서 실제로 귀신 본 사람 있어."

"누군데?"

"…"

"누구냐니까? 아무 말도 못 하네. 정수 네가 꿈에서 본 거 아니야?"

재욱이 키득거렸다. 귀신 꿈 자주 꾸면 오줌 지린다는 말까지 덧붙이며 노골적으로 비아냥거렸다. 그러자 옆에 있던 경윤이 말했다.

"그럼, 한번 가보자."

시종일관 실랑이하던 두 소년은 일순간 조용해졌다. 경윤은 더욱 강경하게 말했다.

"누구 말이 맞는지 확인해봐야 할 거 아니야. 가보면 확실히 알겠지."

한 번의 탐방으로 진위 여부는 분명히 확인할 수 있을 것이다. 산속 폐법당을 탐방하는 것까지 생각한 적 없던 정수는 마른침을 꼴깍 삼켰다. 그러나 자신이 꺼낸 얘기에 재욱이 비아냥거리는 말을 들은 이상 경윤의 제안을 거부할 수도 없는 일이었다.

"좋아!"

"재욱이 넌?"

"…"

이번엔 재욱의 답변이 잦아들었다. 줄곧 상대를 공격하고 비아냥거리며 대화를 주도하던 소년은 어찌 된 일인지 삽시간에 낯빛이 어두워졌다. 분명 가고 싶지 않은 뜻을 피력하는 표정이었다. 그러나 여기서 거부한다면 자신이 부정한 귀신을 두려워하는 꼴이 될 것만 같단 생각에 후퇴할 수도 없는 노릇이었다. 어느새 대화의 주도권을 쥔 듯 우쭐한 기분에 사로잡힌 정수가 말했다.

"재욱이 너 쫀 거 같다? 그럼 빠지든가."

"가! 간다고!"

욱해서 터져 나온 답변과 함께 그날의 결사는 성사되었다.

창창한 5월의 한낮, 소년들의 거친 숨이 맑은 공기를 메워 나갔다. 폐법당이 있는 산에 도달하려면 제법 걸어야만 했다. 귀신의 존재를 철석같이 믿는 정수와 귀신을 부정하는 재욱, 그런 그들을 중재해 나서며 탐방을 주도한 경윤이 나란히 가고 있었다. 그리고 그들 곁에 또 다른 한 소년이 함께였다.

"갑자기 등산은 왜?"

"그냥 소풍 간다고 생각해."

"소풍? 그럼 말을 하지. 먹을 것 좀 싸 올걸."

아무것도 모르는 순진한 눈망울로 질문을 던지는 소년은 바로 성준이었다. 1학년 때 친구가 된 그들은 2학년이 되면서 반이 갈라졌다. 세 소년과 달리 성준만 다른 반이어서 그들의 결사 내용을 알지 못했다.

"재욱아, 너 말 안 했어?"

"…"

"정말 성준이는 아무것도 몰라?"

두 소년이 재욱에게 나무라듯 말했다. 귀신이 나온다는 폐법당에 가는데 적어도 그 사실은 밝히는 게 맞다는 생각이 들었던 것이다.

"뭐가? 재욱이한테 왜 그래?"

휘둥그레진 눈망울로 성준이 소년들에게 물었다. 재욱은 여전히 묵묵부답이었다. 그러자 정수가 지체 없이 답변을 가로채듯 말했다.

"우리 오늘 귀신 보러 간다."

"뭐? 귀신?"

경쾌한 발걸음을 놀리던 소년이 우뚝 멈춰 섰다. 뜻밖의 소리에 당황한 기색이 역력했다. 그러한 성준의 모습에 정수와 경윤이 까르르 웃음을 터뜨렸다. 그러나 재욱만은 아니었다. 소년에게 어떤 언질도 해주지 않은 채 산행에 가자고 제안했기에 웃을 수 없었던 것이다.

같은 친구 사이에도 조금 더 친밀한 관계가 있다. 정수에게는 경윤이 그랬고, 재욱에게는 성준이 그런 존재였다. 유약하기만 한 성준을 산에 데리고 가려면 귀신을 운운하기보다 그저 놀이쯤으로 여기게 하는 게 나을 것 같았다. 다시 발걸음을 재촉하는 친구들에게 따라붙으며 성준이 재차 물었다.

"그런 게 진짜 있어?"

"있겠냐. 정수가 어디서 이상한 소리 듣고 와서 귀신, 귀신 하는 거지."

목적지를 향해 나아가면서도 재욱은 여전히 정수의 주장이 못마땅해 툴툴댔다. 정수는 그런 재욱을 살며시 흘겨볼 뿐 별 대응 없이 발걸음을 옮겼다. 각자의 상반된 주장이 평행선을 그릴 때는 빠르게 사실을 확인하는 방법밖에 없었다.

"어서 따라와. 빨리 결판내야지."

정수의 재촉에 경윤도 발걸음의 속도를 높였다. 그러자 경쟁하듯 재욱 역시 빠르게 걸었고, 성준은 그런 재욱에게 맞춰 속도를 냈다. 소년들은 거칠 것이 없었다. 살아온 날보다 살아갈 날이 많은 청춘들에게 두려움이란 한번쯤 마주해도 될 일종의 모험과도 같았다. 소년들의 치기 어린 묘한 신경전 덕분에 성역의 문은 한층 가까워지고 있었다.

관리가 전혀 되지 않아 높이 자란 잡풀이 소년들의 무릎에 휘감길 무렵, 그들 눈앞에 어느새 문제의 폐법당이 나타났다. 노을이 진 저녁나절, 법당의 위용이나 성스러움은 낡고 조악한 자태로 빛바래 있었다. 서늘함을 넘어 스산한 기운이 모든 것을 압도하듯 건물에서 뿜어져 나왔다.

사람들이 드나들던 무렵엔 그들의 생명력에 의해 건물의 기운이 흩어지거나 엷어졌다. 오히려 법당을 모시는 사람들이 떠나고서야 건물은 특유의 기운을 내뿜으며 또 다른 마성의 생명력을 지니는 것 같았다.

비록 빛은 바랬지만 연꽃을 수놓은 아름다운 꽃살문이 소년들을 현혹하듯 마주하고 있었다. 기운에 압도된 그들은 그저 멍하게 폐건물을 바라볼 뿐이었다. 그때 한껏 고조된 긴장을 누그리듯이 재욱이 말했다.

"뭐, 별거 없네."

"아, 소재욱! 허세 좀 그만 부려. 지도 쫄리면서."

"내가 넌 줄 알아? 난 이딴 거 안 무섭다고."

정수는 말문이 막혔다. 심통이 난 표정으로 재욱을 흘겨보다가 그 너머의 경윤과 눈이 마주쳤다. 그들은 은밀한 비밀을 공유하듯 저들끼리 미소를 주고받았다.

"여기까지 왔는데 이제 들어가봐야지?"

"저길 왜 들어가. 여기 앞까지 왔으면 됐지. 나는 안 들어갈래."

경윤의 제안을 성준이 일언지하에 거절했다. 그러나 다른 두 소년은 경윤을 따라 문 앞에 다가가고 있었다. 그들을 못마땅하게 보던 성준이 다시 말했다.

"너희들 진짜 들어갈 거야?"

"응. 가야지. 누구 말이 맞는지 확인하려면."

그 말과 함께 경윤은 안쪽에 빗장이 느슨하게 풀어진 문 사이를 살짝 엿보다가 조심히 문을 밀었다. 열린 문틈만큼 드러나는 건 흐릿한 어둠이 내부를 가득 채운 풍경이었다. 두 소년도 그 앞으로 다가갔다. 반면 성준은 호기심보다 더 커다란 두려움으로 뒤돌아선 채 그들에게서 점차 멀어졌다. 그리고 가방에서 카세트 플레이어를 꺼내 이어폰을 귀에 꽂았다.

그러는 사이, 정수는 문 앞에서 주저했고 재욱은 호기롭게 당당히 문 너머로 첫 발을 디뎠다. 그런데 소년이 완전히 문안으로 들어간 그 순간, 철컥! 잽싸게 문이 닫혔다. 갑작스러운 상황에 당황하던 소년은 곧 홀로 폐법당에 갇혔다는 사실을 인지했다. 그리고 곧 자지러지는 비명을 질렀다.

위풍당당하던 기세는 온데간데없이 사라진 채, 재욱은 겁에 질려 문을 두드리는 평범한 열다섯 소년의 모습이 되어 있었다. 그러나 야속하게도 밖에서는 문을 단단히 움켜쥔 채 열어주지 않았다. 그저 맹랑하고 즐거운 장난기 섞인 웃음소리만이 닫힌 문 너머로 들릴 뿐이었다.

재욱은 친구들의 장난이 너무 과하다는 생각이 들었다. 천군만마처럼 데려온 성준은 정수와 경윤에게서 멀어진 채 다른 곳을 향하고 있었다. 어쩌면 그들과 함께 자신을 홀로 방치하는 놀이에 동참하거나 그것을 방임하고 있을지 모른다는 생각이 들자 재욱은 스스로가 더없이 가련해졌다.

귀신의 존재보다 홀로 남겨진 사실이 소년을 더욱 무섭게 만들었다. 이렇게 된 이상 소년은 저항을 멈추고 두려움과 전면으로 맞서기로 했다. 용기를 내어 돌아서 찬찬히 둘러봤다. 천장에 난 구멍으로 드는 작은 빛들이 사위를 조악하게나마 밝히고 있었다. 바닥엔 한지로 만든 분홍색의 연화등이 흩뿌려진 핏자국처럼 점점이 놓여 있었다. 재욱은 조금 더 용기를 내봤다.

한 걸음, 두 걸음, 세 걸음….

발밑을 차분히 밟아나가다 다시 전면을 두렵게 올려다본 순간, 명멸하는 정체 모를 눈이 소년을 분명 바라보고 있었다. 무슨 눈빛인지 어떤 존재인지 확인할 겨를도 없이 물리적인 힘 하나가 소년의 바지춤을 움켜쥐었다. 그와 동시에 바닥에 툭툭 떨어지는 물소리가 재욱의 귓가를 채웠다. 결국 소년은 굳어버렸다.

아무도 없어야 마땅할 오랜 폐건물에서 재욱은 시각, 촉각, 청각을 한꺼번에 동원해 분명한 인기척을 느끼고 있었다. 이 모든 감각의 발현이 어떠한 존재 때문인지 가늠할 새도 없이 소년의 동공은 풀렸고, 끝내 휘청하며 쓰러지고 말았다.

✦

저 문을 열면 볼 수 있다고 했다. 인간이 아니면서도 분명한 인간의 형상을 한, 생명이 아니면서도 그 어떤 생명력보다 강

력한, 실체가 없으면서도 현현한 실체 그 자체인 저 너머 세상
의 존재를 말이다.

파르르 떨리던 소년의 눈꺼풀이 머지않아 힘이 실리며 들
어 올려졌다. 재욱이 다시 눈을 떴을 땐 문안이 아닌, 문밖 본
래의 세상이었다. 재욱이 갇힌 것을 뒤늦게 알게 된 성준이 문
을 열었고, 그곳에서 쓰러진 재욱을 발견할 수 있었다. 그곳이
제아무리 무서운 공간이라도 주저할 수 없었던 성준은 한달
음에 달려가 재욱을 들쳐 업고 나왔다.

정수와 경윤은 재욱에게 사과했다. 그러면서 귀신의 존재
를 부정하며 줄곧 두려움 없는 태도를 보이는 재욱의 허세를
시험해보고 싶었다고 본심을 털어놓았다. 문 너머에서는 원
망하고 미워하던 친구들이었건만 웬일인지 재욱은 이전과는
다른 순한 표정으로 말했다.

"있었어."

"뭐가?"

"네가 말한 귀신."

"뭐? 그런 건 없었는데?"

"진짜야. 내가 확실히 느꼈다고."

"너 구조할 때 우리도 샅샅이 둘러봤어. 없었다니까."

정수는 반박했다. 산에 오르기 이전과 입장이 완전히 반대
가 된 두 소년이었다. 시종일관 귀신의 존재를 부정했던 재욱

은 이제 귀신을 믿었고, 귀신의 존재를 철석같이 믿었던 정수
는 이제 이곳에 귀신이 없다고 생각했다. 평행선은 여전히 평
행선이었다.

재욱은 소년들에게 자신의 특별한 체험을 털어놓았다. 명
멸하는 정체 모를 눈빛, 바지춤을 붙잡는 물리적인 접촉, 그리
고 갑자기 툭툭 떨어지는 물방울 소리까지 모든 감각이 어떤
존재를 증명하고 있었다.

그러자 경윤은 발견 당시 재욱의 모습을 말하며 반박했다.
재욱은 바짓단이 찢어지고 아랫도리가 축축이 젖은 채 불상
앞에 쓰러져 있었다. 명멸하는 정체 모를 눈빛은 불상의 눈빛
이며, 바지춤을 붙잡는 물리적인 접촉은 튀어나온 못에 걸린
것이고, 툭툭 떨어지는 물방울 소리는 재욱이 오줌을 지리며
난 소리라는 것이다.

재욱은 그 사실을 받아들일 수 없었다. 직접 체험해보기로
는 그런 이성적인 해석만으로 설명하기 묘한 지점이 있었기
때문이다. 하지만 어떤 말로도 반박할 수 없다는 것을, 지금은
이 자리를 벗어나는 게 우선이라는 걸 재욱은 잘 알고 있었다.
그저 알았다는 말로 경윤에게 동의하는 척하며 자리를 뜨려
던 그때였다.

"이걸 주웠어."

정수가 슬그머니 손을 내밀었다. 주파수 바늘이 있는 무전

기였다.

"무전기?"

"재욱이 네가 쓰러진 곳에 깔려 있었어."

성준이 재욱을 들쳐 업고 나오는 것에 급급했다면, 그 후 그 자리를 찬찬히 둘러본 것은 정수와 경윤이었다. 그러다 발견한 것이 바로 그 무전기였다. 그러니 모두가 함께 발견했다고 해도 과언이 아니었다.

재욱은 그것을 갖고 싶었다. 신비로운 체험은 증명할 길이 없지만, 그 특별한 물건이 이날의 일을 분명한 사실로 만들어 줄 것 같았다. 게다가 자신이 용기를 내 법당에 들어간 덕에 얻을 수 있었던 물건이었다. 거기까지 생각이 미치자 재욱은 곧장 정수에게서 무전기를 가로챘다.

"내가 가져도 되지?"

저마다의 지분이 있는 무전기였다. 하지만 재욱에게 지은 죄가 있는 정수와 경윤은 한발 물러설 수밖에 없기에 고개를 주억였다. 재욱은 동의를 구하듯 성준을 바라봤다. 그러자 성준은 그 어떤 욕심이나 반발 없는 눈빛으로 말했다.

"그거 본래 자리에 두고 가자."

"어?"

"찜찜하잖아. 안 그래?"

겁 많은 성준이 불길한 장소에서 주운 무전기에 욕심을 낼

리 없었다. 재욱은 걱정하는 성준을 대수롭지 않게 여기며 말했다.

"성준이 넌 필요 없나본데, 그럼 내가 갖는다?"

마치 전리품을 획득한 전사처럼 재욱은 당당히 무전기를 호주머니에 넣었다. 소년들은 아무도 들어가선 안 될 금기의 영역을 넘어선 이날의 일을 모두 함구하기로 약속했다. 경윤이 문틈으로 팔을 넣어 안쪽의 빗장을 걸었다. 안과 밖 세상의 연결을 철저히 차단하는 것처럼 말이다. 소년들은 다시 길을 나섰다.

살며시 빗장이 걸린 문 너머로 멀어지는 소년들이 보였다. 문은 겹겹이 쌓인 시간 속에 그날의 진실을 단단히 가뒀다.

기사회생

총경실로 향하는 용훈의 발걸음이 무거웠다. 경찰 생활 18년 차에 가장 크게 닥쳐온 위기 앞에 그는 한없이 작아졌다. 그러나 마음의 크기는 반대였다. 자신이 잘못하지 않은 일로 소환되는 상황에 억울한 마음이 컸던 것이다. 그런 마음과 비례하듯 둔탁한 발소리가 복도를 가득 채웠다.

"진짜야?"

그가 수사과장실로 들어온 이후 총경은 한마디도 하지 않았다. 군기가 바싹 잡혀 얼어붙은 듯 서 있는 용훈 앞을 그저 생각 많은 얼굴로 서성일 뿐이었다. 그러다 마침내 침묵을 깨며 물어본 말이 바로 저것이었다. 그러나 용훈은 선뜻 대답이

나오지 않았고, 작은 한숨을 내뱉었다. 그러자 총경이 재차 물었다.

"말해! 너 개입된 거야, 아니야?"

"오해가 있는 거 같습니다."

"오해? 마약 사범을 혐의 없음으로 불송치하고도 오해?"

"그게 저, 희귀병 치료에 탁월했답니다. 그 마리화나가."

총경은 별안간 용훈의 뺨을 후려쳤다. 그러고도 여전히 분이 삭혀지지 않는다는 듯 씩씩거리며 그를 째려보고 있었다. 용훈은 어떠한 반발도 하지 못한 채 죄인처럼 더욱 고개를 숙였다.

그간 살아온 결에 비해 형사로서 최근 몇 년간은 참으로 순탄하다고 생각했다. 인생사에서 등가교환이란 게 이뤄진다면 현재 이 시점은 그간의 무고한 나날에 대한 응당한 다음 수순일지 모른다고 스스로를 다독였다. 그가 마약수사반에 있을 때, 희귀 난치병 치료를 위해 마리화나를 복용한 소녀가 입건되었다. 귀에서 윙윙대는 괴로운 이명에 시달리는 아이였다. 그 어떤 신체적·정신적 약물에도 치료 반응이 나타나지 않았지만, 마리화나만큼은 그 의문스러운 증상을 잠재울 수가 있다고 했다.

보통 마리화나를 복용하면 5년 이하의 징역 혹은 5,000만 원 이하의 벌금 처벌을 피할 수 없다. 그러나 그 약으로 인한 호전 증상이 명확하다는 의학적 소견이 있다면 얘기가 달라진다. 용훈은 치료 약물로써의 마약 복용을 강조해 수사하던 피의자의 상황을 윗선에 보고했고, 결국 불송치 결정이라는 좋은 결과를 도출했다.

여기까지는 모두에게 충분한 해피엔드다. 문제는 다른 데 있었다. 용훈은 아내와 이혼하고 위자료와 양육비 명목으로 집 보증금을 마련해줬다. 통상 양육비는 매달 지급하는 것이 원칙이지만 업무 특성상 매번 챙기기가 쉽지 않을 것 같았다. 그래서 그 대신 본래 주기로 한 위자료보다 약 두 배 정도의 돈을 더 얹어 줘 서울 변두리라도 집을 얻을 수 있도록 조치한 것이다.

아내는 딸의 중학교와 가까운 곳에 전셋집을 얻었다. 그런데 2년이 지난 무렵, 집주인이 보증금을 터무니없이 올려달라고 요구했다. 그 사실은 곧장 용훈의 귀에도 들어왔다. 비록 이제 남남이 된 관계이지만 이혼의 유책 배우자는 그였다. 더구나 양육까지 전 부인이 담당하기로 했으니, 용훈은 집 문제에 대해서라도 끝까지 전남편의 의무를 다하고 싶었다. 이전의 보증금을 마련해주려 받은 기대출이 있는 터라 다시 그만큼의 대출을 받기는 어려웠다. 용훈은 집주인에게 보증금을 올리면 이사를 가겠다 맞불을 놨다. 의견이 좁혀지지 않던 중 어느 날 집주인은 알았다며 별말 없이 그의 주장에 수긍했다.

갑작스러운 태도 변화에 잠시 의아했지만 용훈은 자신의 강한 호소가 먹혔다고만 생각했다. 그날의 안일한 판단이 지금 용훈의 발목을 붙잡고 있었다.

"권용훈 경위님?"

"…"

"청문감사계에서 나왔습니다. 잠깐 말씀 좀 나누시죠."

총경을 만나고 돌아온 지 반나절이 채 지나지 않아 감사계 두 사람이 용훈을 찾아왔다. 그에게 말을 건넨 사람은 왜소한 체격과 달리 〈어벤져스〉에 나오는 타노스를 닮아 듬직한 인상이었다. 상대적으로 키가 큰 다른 남자는 듬직한 체격이지만 파리한 인상을 갖고 있었다. 주로 말을 하는 건 타노스를 닮은 감사였고 키가 큰 남자는 병풍처럼 서 있었다. 강력3반의 반원들은 싸한 분위기를 감지해 눈치를 보고 있었다. 술렁이는 분위기를 깨고 싶은 용훈은 마지못해 일어나 저승사자 같은 그들을 따라 나섰다.

"마약 피의자를 불송치하는 조건으로 모친 김지현으로부터 돈 받으셨죠?"

"아닙니다. 그런 일 없어요."

"이미 계좌 추적까지 끝냈습니다. 김지현 씨로부터 몇 가지 결정적인 진술도 확보했고요. 더 이상 잡아떼기 그만하시죠."

그들은 용훈의 전 부인 계좌로 김지현의 돈 8,000만 원이 송금된 내역을 밝히며 강력한 증거라고 말했다. 마약 피의자는 한때나마 딸아이의 같은 반 친구였고, 엄마들끼리도 어느 정도 안면을 튼 상황이었다. 아내의 말을 들어보면 그것은 금액이 크기는 하지만 단순 채무였다. 하지만 감사계는 그것이 대가성 수사와 관련된 뇌물 수수라고 주장하고 있었다.

용훈은 자신도 모르게 아내에게 건네진 돈이라고 말했다. 설령 고마운 마음으로 사례를 했다고 쳐도 그는 전혀 알지 못하는 일이었다. 의혹을 받기 시작하면서 용훈은 문득 하루아침에 달라진 집주인의 태도를 떠올렸다. 마침 집주인이 보증금을 올려달라는 시점에 딱 맞는 금액이 들어오니 아내가 욕심을 냈을지도 모르겠다는 생각이 든 것이다.

워낙 나대기 좋아했던 용훈은 형사 생활을 하면서 제법 많은 매스컴에 자신을 노출해왔다. 또한 딸아이의 초등학교 시절엔 학부모 직업 체험학습의 일환으로 바쁜 시간을 쪼개 동참하기도 했다. 아이에게 멋진 아빠 모습을 보여주고 싶었을 뿐인데, 그로 인해 가족과 얽힌 위법한 청탁의 여지가 얼마든지 도사리게 된 것이다. 하지만 어떤 증명도 안 된 추측만으로 그러한 정황을 쉽게 입 밖에 꺼내고 싶지 않았다. 용훈은 묵묵부답으로 일관했다.

"모르게 건네진 돈이라… 그 말을 우리더러 믿으라는 겁니까?"

"…."

"입장 바꿔 한번 생각해보세요. 믿음이 가는 말인지요?"

용훈은 그 돈이 차라리 자신에게 입금되었으면 좋았겠다고 생각했다. 한번 만져보지도 못한 돈에 뇌물 수수 혐의가 덧씌워지는 현실이 비참했기 때문이다.

"내가 뽀찌 받아먹었으면 억울하지나 않지. 난 그 돈 본 적도 없다고."

"조사 중입니다. 녹음되고 있고요. 격식 갖춰주시죠."

"격식? 뭐, 잘리는 마당에 격식?"

"권용훈 경위님, 사실 확인 중이잖습니까?"

"아휴, 좆같네."

청문감사계에 조사를 받는 보통의 형사들은 코너에 몰린 쥐처럼 고분해질 수밖에 없었다. 그러나 용훈은 수세에 몰려도 고양이에게 달려드는 기백이 있는 천생 강력반 형사였다.

"남이 병에 걸리거나 말거나 아파서 뒤지거나 말거나. 그냥 AI처럼 해야 했는데, 내가 등신이야. 괜히 어울리지도 않게 배려란 걸 해서는."

모든 건 선의에서 비롯된 일이었다. 특정 마약성 물질이 불치병 치료에 도움을 준다는 걸 용훈은 익히 들어 잘 알고 있었다. 더욱이 어린 학생이었기에 불미스러운 목적을 가지고 약물에 접근할 거라고는 추호도 상상할 수 없었다. 전적으로 피의자 입장에서 생각한 것이다. 하지만 그 선의가 이렇게 안 좋은 결과로 되돌아온 현실에 용훈은 과거의 선택을 후회했다.

"못 믿겠다면, 난 어떤 징계를 받는 건데?"

"결과야 뻔한 거 아닙니까? 뇌물 수수인데….."

"직위 해제?"

감사는 대답 없이 고개만 살짝 끄덕였다. 아마 녹음을 피하면서도 상대에게 어느 정도 답을 알려주고 싶은 모양새였다. 용훈은 이미 알고 있었다는 듯 야속한 실소를 터뜨렸다. 그러자 감사가 덧붙였다.

"어쩌면 징역형이 나올지도 모르겠네요. 정확한 건 징계위원회 거쳐봐야 나옵니다. 조만간 결과 말씀드리죠. 정 억울하시면….."

어떠한 회생 가능성을 제시할지도 모르는 어순이었다. 용훈은 기대에 찬 얼굴로 감사를 쳐다봤다. 그러자 감사는 미소를 지으며 말했다.

"증거 찾아서 오세요. 경위님이 뇌물을 받지 않았다는 증거! 찾아오신다면 뭐, 징계는 불가피하고 징역형까지는 면할 수 있겠죠."

감사의 말을 들은 용훈은 맥이 풀렸다. 뇌물 수수 혐의 증거가 되는 계좌부터가 이미 남이 된 전 부인의 것이었다. 그것은 자신이 해당 돈에 관여되지 않았다는 가장 확실한 증거였다. 하지만 그것은 무참히 짓밟혔다. 용훈에게는 증거인 것이 감사계에는 개인적 주장에 불과했다. 이 상황에 증거를 찾아서 오라는 말은 곧 혐의를 벗을 방법이 없다는 뜻이었다. 젠장.

"권 팀장님 어떡하냐."

"어째 왕년의 에이스도 이제 끝물인 거 같다?"

덜컥 문이 열리며 용훈이 강력반에 들어섰다. 그러자 방금 전까지 모여서 대화하던 형사들이 일사분란하게 제자리로 가 바삐 일하는 척을 했다. 용훈은 왠지 왕따가 된 것만 같은 기분에 우울해졌지만 그럴수록 더 거드름을 피우고 싶었다.

"왕년의 에이스도 나락 한번 가야지."

"팀장님….."

방금 전 '왕년의 에이스'란 얘기를 꺼낸 김 형사가 송구한 얼굴로 자신의 팀장에게 다가왔다.

"반등을 하려면 곤두박질쳐야 하는 거 아니겠어?"

"제가 주제넘게… 죄송합니다."

여기서 더 말꼬리를 붙잡는다면 필시 꼰대라는 말이 따라 올 게 뻔했다. 용훈은 김 형사의 어깨를 가볍게 토닥이고는 말 했다.

"그래도 왕년이나마 에이스로 봐줘서 고마워. 일해."

용훈은 곧장 자신과 다섯 명의 반원으로 구성된 자리의 상석으로 가 앉았다. 책상에 있던 서류와 문서들이 사라져 온통 휑했다. 한차례 감사계가 휩쓸고 간 흔적이 자리에 역력히 남은 것이다. 용훈은 감사 박스에 미처 담기지 못한 흩어진 물건들을 정리했다. 필기도구나 책, 문구류 따위였다.

"팀장님, 이거…."

김 형사가 우편물들을 챙겨 왔다.

"감사계 때문에 자리에 놓기 그래서 제가 갖고 있었습니다."

"응. 땡큐."

우편물들을 하나하나 넘겨보니 은행 대출 광고나 연금 저축 약정 내역 등 각종 청구서와 통보서들이 와 있었다. 집보다 경찰서에 오래 머무는지라 웬만한 우편물은 이쪽으로 돌려놓았다. 뻔한 우편물들을 하나둘 계속 넘겨보다가 문득 특이한 우편물 하나를 발견했다. 손 글씨로 적힌 교도소 사서함 우편물이었다.

'명천시 우만우체국 사서함 11호 정락교도소 4861번 이희수 씀.'

삐뚤삐뚤 못 쓴 필기체가 눈에 들어왔다. 용훈은 '이희수'가 누구인지 떠올리지 못했다. 거듭해 이름을 되뇌어 아무리 가늠해보려 해도 모르는 이름이었다. 발신인의 낯선 이름도 이름이지만 교도소에서 온 사서함 편지라는 게 그의 구미를 당겼다. 용훈은 빠르게 봉투를 갈라 편지를 꺼내 읽어나갔다.

존경하는 권용훈 형사님께

정의를 바로 세우기 위해 불철주야 노력하시는
형사님의 노고에 감사드립니다.
다름이 아니오라, 아직 해결하지 못한 미제 사건들 중에
형사님께서 해결해주셨으면 하는 사건이 있습니다.
제가 도움드릴 수 있을지도 모르겠네요.
자세한 건 만나서 얘기합시다. 기다리겠습니다.

이희수 씀

편지의 내용은 간결하고 깔끔했다. 미제 사건의 키를 쥐여준다는 것은 강력반 형사에게 엄청난 구미를 당기는 일이었다. 하지만 징계 위기에 처한 현실에 누군지도 모르는 존재가 보낸 편지를 선뜻 믿기는 어려웠다. 그렇기에 믿고 의지하는 똘똘한 후배 녀석 하나에게 편지를 보여주기로 마음먹었다. 그는 과학수사반의 최필수 경사다.

"네가 보기엔 어떠냐?"

"글쎄요. 좀 더 봐야겠는데요."

필수가 옥상 벤치에 앉아 편지를 꼼꼼히 살필 때 용훈은 담배를 피우며 먼 하늘을 바라보고 있었다. 편지를 뒤집어본 필수는 이상한 그림들을 마주했다. 산, 나무, 계곡, 바위, 동굴 같은 산천 풍경이 부조화하게 제멋대로 그려져 있었다. 허공에는 리, 산, 능 같은 의문의 음절들이 띄엄띄엄 쓰여 있었다.

"편지 뒤에 그림 그려진 거 보셨어요?"

"봤지. 지 딴엔 암호랍시고 그린 것 같은데 온통 별 뜻 없는 낙서 같은 게… 내가 보기엔 장난 편지 같아."

"그냥 낙서 같지는 않은데…."

"그럼 그게 뭐야?"

한동안 그림을 뚫어져라 보던 필수가 말했다.

"뭘 설명하려는 거 같은데요. 무슨 상형문자 같기도 하고, 어떤 위치를 알리려는 건가도 싶고요."

"뭐, 약도 같은 거?"

그 말에 필수는 고개를 끄덕였다. 용훈은 그렇게 말해놓고 스스로 놀란 듯 곧장 편지를 가져와 살펴봤다. 담배를 깊게 빨아재끼며 골똘히 그림을 보는데, 어린아이 낙서 같은 그림이 이제야 그의 눈에 의미심장하게 다가왔다. 자세히 보자 그림과 그림 사이, 미세한 실선이 경계를 이룬 것을 발견했다.

"허, 이것 봐라?"

새로운 발견에 놀라는 것도 잠시, 용훈은 담배를 비벼 끄고 실선의 경계를 따라 손톱을 세워 편지를 접었다.

"뭐 하는 거예요, 선배?"

"가만."

후배의 만류에도 개의치 않고 용훈은 실선의 경계를 따라 편지를 조심히 자르기 시작했다. 마침내 열두 조각으로 세분화된 편지. 그것들을 수차례 이리저리 배치해보던 용훈은 점점 익숙해지는 모양에 마른침을 꼴깍 삼켰다.

"씨발, 이거 뭐냐."

퍼즐 맞추듯 재조립해 끝내 완성한 편지는 하나의 의미가 되었다. 동굴과 바위, 계곡과 나무가 조화를 이뤘다. 이는 용훈에게도 익숙한 풍경이었다. 약도가 가리키는 곳은 30년 전 소년들을 감쪽같이 집어삼킨 '주파수 실종 사건'의 장소, 바로 능리산이었다.

고해소 앞, 소녀

소녀는 고해소 앞을 서성였다. 고해성사를 하려고 미사 시간보다 훨씬 일찍 왔기에 고해를 하려면 얼마든지 할 수 있었다. 하지만 차마 용기가 나지 않았다. 뒤에 줄을 선 사람들에게 순서를 내어준 것도 수차례, 소녀는 자신의 순번을 하염없이 미루기만 했다. 소녀보다 뒤늦게 왔지만 먼저 고해를 마치고 나온 이들은 하나같이 근심을 내려놓은 홀가분한 얼굴이었다. 소녀는 그런 그들을 부럽게 바라봤다. 또다시 소녀의 순서가 도래했다. 그러나 여전히 요지부동이었다.

"안 들어갈 거니?"

"…."

"그럼 내가 먼저 들어가고. 미사 시간 다 되어가서 그래."

중년 부인은 인자한 인상과 달리 소녀를 재촉하고 있었다. 줄곧 비슷한 상황에서 소녀는 뒤에 있는 사람들이 불편한 속내를 비추기도 전에 자리를 양보했었다. 그러나 이번엔 웬일인지 소녀가 선뜻 물러서지 않고 있었다.

"얘, 듣고 있니?"

"들어갈 거예요."

소녀는 고해소 앞으로 한발 가까이 다가갔다. 그러자 뒤에 있던 중년 부인은 시계를 본 뒤 아쉬워하는 얼굴로 돌아섰다. 아무래도 미사 시간까지 한 사람 정도만 고해가 가능하리라 판단해 포기한 모양이었다.

소녀가 어렵사리 문을 연 순간, 고해소 문 위에 켜져 있던 파란 불이 꺼졌다. 그리고 머지않아 고해소 내 사제실의 문이 열리고 신부가 나왔다. 부드럽게 일렁이는 숱 많은 머리카락, 햇빛이라곤 전혀 만나보지 못한 듯 그을림 없는 순백의 피부, 소처럼 큰 눈을 가진 청량한 인상의 이성준 스테파노 신부였다. 고해소에서 이제 막 나온 신부와 눈이 마주치자 소녀는 얼음처럼 굳었다. 어렵게 용기를 내어 문을 연 것이었는데 허무하게 끝나버렸다. 이 신부는 잔뜩 미안해진 얼굴로 말했다.

"어쩌지? 미사 시간이 다 되어서."

"알겠습니다. 다음에 다시 올게요."

"젬마라고 했던가?"

소녀는 빨갛게 달아올랐다. 신부가 자신의 본명을 불러준 것만으로 마치 온 비밀을 들킨 것만 같아 부끄러워진 것이다. 신부는 삽시간에 붉어진 소녀의 낯빛을 발견했지만 모른 체하며 다음 말을 꺼냈다.

"앞으론 토요일 미사를 보러 와. 또래 친구들을 위한 시간이니까. 그때는 미사 전에 성서 모임도 할 수 있고 고해성사를 받기도 수월할 거야."

"네, 그럴게요, 신부님."

소녀가 몸을 돌렸다. 이 신부는 멀어지는 소녀를 잠시 바라봤다. 사실 이 신부는 소녀를 주시하고 있었다. 문동성당으로 발령을 받아서 온 것도 어느덧 넉 달째, 그 기간 동안 소녀는 내내 고해소 앞을 서성이고 있었다.

고해소 밖에서 순서를 양보하는 음성을 여러 번 들었다. 고해성사 집전을 마치고 밖으로 나가면 눈이 마주칠라 잽싸게 돌아서던 행동도 여러 차례 발견했다. 그래서 이 신부는 소녀가 고해성사를 하고 싶으면서도 주저하고 있다는 걸 잘 알고 있었다.

이 신부는 아직 어리고 때 묻지 않은 소녀에게 그렇게 큰 잘못이 있으리라고 생각하지 않았다. 아이들은 아주 사소한 행동에서도 굳이 죄를 삼았다. 또한 고해에 익숙하지 않은 아

이는 신부의 존재를 의식해 자신의 잘못을 털어놓기 어려워
했다. 반면에 그저 즐거운 놀이쯤으로 여기며 기꺼이 고해를
하는 아이도 있었다. 소녀는 전자에 가까웠다.

넉 달이 가도록 망설이는 소녀를 보고 있으니 대체 어떤 고
해를 하려고 저러나 호기심이 일었다. 미사를 몇 차례 빠지거
나 바쁘다는 핑계로 기도를 등한시한 일, 교리를 따르지 못한
일 등 교회법에 따른 시시콜콜한 고해와는 사뭇 다를 것 같았
다. 이 신부는 소녀가 어떤 고해를 할지 내심 기대하고 있었다.

"범죄 피해자와 가족을 위해 기도합니다. 구원자이신 주님,
아직 해결되지 않은 미제 사건의 피해자들과 그 유가족들이
여전히 많은 고통을 겪고 있습니다. 부디 그들을 주님의 은총
으로 구원받게 하시며 강력범죄의 가해자는 정당한 법의 심
판을 받을 수 있도록 도와주소서."

보편 지향 기도였다. 이 신부는 기도의 내용이 색다르다고
생각했다. 가톨릭 교본의 매일미사를 토대로 예시된 보편 지
향 기도를 활용할 수 있지만, 때로 각 성당별로 기도를 준비할
때가 있었다. 오늘이 바로 그런 날이었다.

최근 미제 사건 하나가 논란이 되고 있었다. 한 교도소의 재
소자가 미제 사건의 진실을 알고 있다는 듯한 편지를 경찰서
에 보내며 재수사가 시작된 것이다. 소식을 접한 여론은 두 갈

래로 나뉘었다. 아이들의 시신이라도 꼭 찾으면 좋겠다는 여론이 있는 한편, 범죄자의 말만 믿고 수사를 시작하는 것이 너무 안일하다는 여론도 있었다. 이 사건은 현재까지도 대중의 관심이 뜨거운 아주 유명한 강력 사건이었다. 그리하여 전례부에서 이러한 기도를 준비했을 거라고 이 신부는 생각했다.

범죄 피해자들을 위한 기도가 처음인 것은 아니었다. 그간의 비슷한 기도에서는 사안을 용서의 관점으로 들여다보며 가해자 역시 종교 안에서는 구원받을 수 있는 존재라고 말해왔다. 그렇지만 오늘의 기도는 조금 달랐다. 세상이나 사회의 잣대에선 법과 규칙이 우선이라는 신념이 반영되어 있었다. 이는 정의구현사제단에 소속된 이 신부의 신념과도 부합하는 일이었다. 그런데 단지 그것 때문에 이 신부가 이날의 기도를 색다르다고 생각한 것은 아니었다. 그는 이 사건에 남다른 관심이 있었다. 여기에는 지극히 개인적인 이유가 숨어 있었다.

미사 집전을 마치고 수단으로 환복한 이 신부가 신자들을 배웅했다. 모든 신자들이 떠나는 걸 끝까지 지켜본 뒤 사제관으로 돌아간 그는 가장 먼저 핸드폰을 열었다. 미사 시간만큼은 세상과의 단절을 위해 항시 핸드폰을 두고 집전에 임했다. 핸드폰을 확인하니 부재중 전화가 세 차례 걸려 와 있었다. 엄마였다. 전화를 걸자 두 번의 신호음 끝에 전화가 연결되었다.

미사 중이라서 전화를 받지 못했다는 말을 하자 성당은 주일 저녁에도 미사가 있다는 걸 자꾸 깜빡한다는 엄마의 답변이 돌아왔다.

"늘 헷갈려. 교회랑은 통, 다르잖아."

"맞아요. 엄만 그럴 수밖에 없죠."

그의 가족은 오랜 개신교 신자다. 이 신부 역시 가족 구성원으로 맹렬히 교회를 다닌 시절이 있었다. 하지만 청소년 시절, 그의 인생에 있어 결정적인 사건 하나로 그간의 모든 신념들이 회오리쳤다. 친구들은 실종되고 자신만이 혼자 남은 그 사건을 계기로 말이다.

사건이 있던 당시, 그때의 기억이 온전했다면 쉬이 범인을 잡았을 것이라고 이 신부는 생각했다. 예기치 못한 강렬한 무언가가 있었던 것은 어렴풋하게 기억하지만 구체적인 상황은 전혀 떠오르지 않았다. 이 신부는 그런 스스로를 원망하고 미워했다. 특히 겁이 많던 성격도 변명이 되지 않았다. 자신의 나약함으로 사건의 진실이 묻혀버린 듯해 한동안 편히 잠들수 없었다. 죄스러운 마음을 털어놓는 것마저 비겁하게만 느껴졌다. 결국 그는 교회를 다니는 것까지 등한시하게 되었다.

더불어 기도로써 모든 걸 용서받을 수 있다고 토닥여주던 아버지의 가르침에 그는 더 큰 반감을 가졌다. 그리고 끝내 절실히 믿던 걸 놓는 지경에 이르렀다. 종교라는 것에 막연한 회의를 느꼈던 것이다. 오랜 방황에 종지부를 찍어준 것이 바로 천주교였다. 종교라는 그늘에는 머물고 싶었지만 본래의 것만은 아니길 바랐다. 그러한 마음에 부합하면서 본래의 것에 큰 이견이 없는 종교여야 했다. 이 신부는 천주교를 만나면서 마음에 안식을 얻었다.

천주교에는 고해성사라는 의식이 있었다. 세례받은 신자에게만 허용되는 그것이 어린 그에게는 너무나 절실했다. 그날을 온전히 기억하지 못하는 죄, 범인을 떠올리지 못하는 죄, 혼자만 돌아온 죄까지 이 신부는 진실로 고해라는 것을 하고 싶었다. 결국 그는 고등학생 시절, 세례를 받았다.

당시 부모님은 어떤 것이든 좋으니 일단 종교를 선택해 따르는 이 신부를 응원했었다. 마음을 다잡는다면 본래의 길로 돌아올 거라고 믿은 것이다. 그러나 그 믿음은 아들이 사제의 길을 선택하면서 비로소 산산조각 났다.

온 가족이 하나의 종교를 믿는 것만이 바람직하다고 생각했던 그들은 이 신부에게 묘한 이질감을 느꼈다. 특히 아버지는 형언할 수 없는 배신감에 사로잡혔다. 하지만 그 선택은 이 신부에게 있어 탈출구였다. 가족과 아버지에게서 그리고 죄라는 그늘에서 벗어날 수 있는 유일한 길이었다. 그의 숨통을 틔워주는 단 하나의 계기였던 것이다.

저녁을 먹었냐는 물음에 간단히 먹었다는 대답을 비롯해

부모 자식 간의 일상적인 대화가 수차례 이어졌다. 이 신부는 단지 이런 안부를 묻기 위해 엄마가 여러 차례 전화를 걸지는 않았을 거라는 걸 알았다. 이렇게 일상적인 대화를 주고받을 만큼 가족 간 각별함이 크지 않았다. 대화의 틈이 생겼을 때 이 신부가 제동을 걸듯 물었다.

"엄마, 무슨 일이 있나요?"

"…."

일상적인 대화를 주고받을 땐 막힘 없이 흘러가던 대화였다. 하지만 본론을 꺼내길 바라는 물음에 대화의 틈은 오히려 더욱 길어졌다. 핸드폰 너머로 한동안 침묵이 머무르던 그때 엄마가 조심히 말을 꺼냈다.

"다음 주 토요일에 집에 좀 들르면 좋겠다."

"…."

"아버지 생신이잖니. 와서 얼굴 좀 비춰라."

사제가 된 뒤로 가족 간의 경조사를 챙기지 않았다. 오히려 이 신부의 방문을 가족이 꺼려하는 것도 있었다. 교회를 떠나고 그는 아버지에게 없는 존재로 취급받아온 아들이었다. 다른 가족도 아닌, 가장 관계가 소원한 아버지의 생신을 맞아 찾아오라는 건 더욱 이상하게만 들렸다.

"아버지 생신에요? 제가 가도 되는 거예요?"

"…."

일거수일투족을 통제받으며 살아온 지난날이었다. 아버지의 억압은 온 가족을 내리눌렀지만 유독 그것은 이 신부에게 심하게 드리워졌었다. 가업을 잇듯 종교적 신념을 이어야 할 외아들이었기에 아버지는 더 강경했다. 아버지의 뜻을 조금이라도 벗어난다면 마치 신에게 죄를 지은 것처럼 벌을 받고 죄인의 기도를 읊어야만 했다. 자신의 선택이 아닌 누군가의 강요에 의한 속죄는 마음을 조종당하는 것만 같았다. 거북한 감정은 반발심으로 커져만 갔다. 어린 마음에도 그건 가혹한 일이었다.

그런 가정환경에서 천주교를 택한 것은 이 신부에게 아주 큰 결심이었다. 하지만 아버지의 뜻을 거스르는 과감한 결정에도 마음의 부채 의식은 날로 커져갔다. 고해성사로 죄가 사라질 수 있을 거라는 희망으로 천주교인이 되었지만, 저 홀로 돌아왔다는 죄의식은 여전히 남았다. '하느님에 귀의한다면 나의 죄를 용서받을 수 있지 않을까?' 그리하여 선택한 사제의 길이었다. 그 선택 이후 이 신부는 아버지에게 불편한 존재로 전락하고 말았다. 이것이 자신에게 정녕 옳은 선택이었는지 이 신부는 확신할 수 없었지만, 그는 이 선택을 후회하지 않았다.

"아버지 암이 재발했어. 많이 편찮으셔."

"제가 가면 오히려 더 불편해하실 텐데요."

"아니야. 목회 은퇴하실 때 되었잖니. 요즘 들어 너를 찾는 일이 잦아."

사제의 길은 사역에 봉사하는 길이며 세상의 자유를 만끽할 수 없는 길이었다. 하지만 이 신부는 달랐다. 오히려 이 선택만이 그가 자유를 얻는 유일한 길이었다. 사제가 되지 않았다면 아버지가 세워둔 안락한 왕국에서 고분고분한 아들로 강경한 죄의 잣대에 억눌려 살았을 것이다. 아버지가 꾸려온 교회를 자신의 업으로 삼아 그의 수족, 분신에 지나지 않은 삶을 꾸역꾸역 살아야 했을 것이다.

짧은 통화를 나누면서도 수많은 생각들이 그의 머릿속에 가득했다. 이 신부가 대답을 주저하는 사이 엄마는 긍정적인 대답을 부추기듯 말했다.

"올해가 아버지 마지막일 거 같아서 그래."

"…"

"엄마 소원이야. 부탁한다, 아들."

마지막 말을 하며 파르르 떨리는 엄마의 음성이 그의 가슴을 울렸다. 울타리에서 겨우 벗어났다고 생각했지만 가족은 필연적으로 엮일 수밖에 없는 굴레였다. 아버지가 이뤄낸 부당한 세계에서 그것이 법이고 진리라고 여기며 살아온 엄마는 이 신부에게 있어 가련한 존재이기도 했다. 이 신부는 마지못해 대답했다.

"일정을 봐야 알 거 같은데 될 수 있으면 갈게요."

애달픈 사정을 말하며 대답을 갈구하던 엄마는 원하는 답변을 듣고서야 전화를 끊었다. 이 신부는 탁상 달력을 봤다. 다음 주 토요일에 빨간 동그라미를 표시하며 근심 어린 숨을 길게 몰아쉬었다.

무덤을 파헤치다

조각난 편지를 수없이 떼고 붙여 세 음절이 하나의 지명으로 맞춰졌다. 능리산. 하지만 용훈은 그림만 보고도 단번에 그곳이 어디인지 파악할 수 있었다. 중학교 시절, 아버지의 사업 실패로 가세가 기울면서 어머니의 면 친척뻘 사촌이 운영하는 농장에 온 가족이 더부살이를 한 적이 있다. 그곳은 능리산을 품고 있는 인주시였다.

능리산은 용훈이 다녔던 중학교의 뒷산이었다. 초여름에는 산딸기, 가을에는 밤을 따기 위해 그 산을 자주 오르곤 했다. 특히 편지 속 그림은 산 위에 나비 모양이 그려져 있었다. 그것은 능리산에 실제 있는 '나비봉'이었다. 그 일대 계곡, 동굴,

바위 같은 산세까지 실사와 그림이 정확히 일치했다.

"왜 선배한테 보낸 걸까요? 아는 사람이에요?"

"아니, 전혀. 근데 왜 나한테 보낸 건지는 알 거 같다."

필수는 의문이 가시지 않는 얼굴로 용훈을 바라봤다. 그러자 용훈은 간단히 검색한 핸드폰을 필수에게 내밀었다. 그건 바로 용훈의 인터뷰 기사였다.

"거기 보면 내가 능리산을 회고한 내용이 나와. 그쪽 지형은 빠삭하다고 했지."

"아, 이제 기억나요. 선배가 경찰이 된 이유를 설명한 거잖아요. 주파수 실종 사건 때문이라고요."

이전 관할서에서 부녀자 연쇄살인범을 잡은 이후 강력반 전체가 1계급 특진을 했을 때였다. 한 시사 월간지에서 반원 전체를 특별 취재한 적이 있다. 그때 용훈은 경찰이 된 이유에 대해 주파수 실종 사건을 언급했었다.

제가 중학생 때 인주시에 살았어요. 1년 남짓 아주 잠깐 살았던 거지만 그곳은 제 인생에 가장 강렬한 충격을 줬어요. 대한민국에서 가장 유명한 미제 사건 중 하나가 주파수 실종 사건이잖아요, 아시죠? 그 사건 피해자들이 당시 제가 다니던 학교의 학생들이었어요. 저는 전학을 온 거라 그 친구들과 전혀 일면식도 없고 건너서 들은 얘기가 전부였지만, 주변의 또래 아이들한테 그런 일이 벌어지니 어린 마음에도 무섭더라고요. 그 전에는 눈 감고 다닐 정도로 능리산 지형에 밝아 밤낮 올라가 놀았는데, 그 사건 터지고 딱 발길 끊었죠. 충격이 가시지 않아 한동안 어느 산에도 못 올랐어요. 그 사건 때문이었던 거 같아요. 제가 경찰이 되겠다고 마음먹은 건.

30여 년 전 능리산에 오른 소년들이 감쪽같이 증발한 사건이 있었다. 소년들을 마지막으로 목격한 사람은 순찰을 돌던 나이 지긋한 학교 수위였다. 해 질 무렵 날은 어두워지고 가는 빗줄기가 점점 굵어지고 있었다. 그는 지금 산에 오르면 위험하다고, 빨리 집으로 돌아가라고 그들을 향해 열심히 외쳤지만 세차게 내리는 비에 목소리가 힘없이 묻히고 말았다. 노인의 몸으로 혈기왕성한 중학생 소년들을 쫓아 우야의 산을 오를 수는 없었다. 소년들은 금세 깊은 어둠 속으로 사라졌고, 수위는 걱정스러운 마음을 뒤로하고 학교로 돌아가는 수밖에 없었다.

그렇게 소년들은 돌아오지 않았다. 당시 수사반은 그 어린 것들을 그대로 보내지 말았어야 한다며 한탄하는 수위를 달래 증언을 확보하고 능리산 일대를 쥐 잡듯이 수색했다. 그러나 소년들은커녕 옷가지나 찢어진 우의 조각 하나 발견하지 못했다. 그런데 여기서 생뚱맞은 단서 하나가 나타나며 사건이 더욱 미스터리해졌다. 소년들이 실종되기 전, 인주시에는 산림청 공무원 한 명이 실종되는 또 다른 사건이 있었다. 산악 무전기 신호를 추적했을 때, 그가 사라진 마지막 위치도 능리산이었다. 그런데 실종 이후로 반응이 없던 그의 무전기가 소년들이 사라진 날 밤, 다시 한번 신호를 남긴 것이 확인되었다.

하지만 산림청 공무원도, 소년들도, 결정적 단서가 될 것으로 보이는 무전기도 결국은 발견되지 않았다. 수사 당국은 당혹스러움을 감출 수 없었다. 언론과 대중은 무엇으로도 설명되지 않는 미스터리한 이 사건을 '주파수 실종 사건'이라고 불렀다. 1992년에 사라졌던 세 명의 소년들은 30년이 지난 현재까지도 돌아오지 못했다. 학교 뒤편으로 둘러진 노란색의 폴리스라인, 시청 게시판이나 마을버스 정류장에 붙어 있던 실종 전단지, 용훈은 얼마 안 있어서 인주시를 떠났지만 그 당시의 뒤숭숭하고 서늘한 마을의 분위기를 지금까지 선명하게 기억하고 있었다.

"그럼 이희수라는 자가 이 기사를 보고 선배를 선택한 거네요?"

"아무래도 그거밖에 결론이 안 나네."

사실 용훈은 그 사건에 대의 같은 것을 갖고 있지 않았다. 그저 살다보니 어느 순간 경찰이 되어 있었을 뿐 그 사건의 영향을 받았다고는 한 번도 생각한 적 없었다. 그러나 인터뷰 당시 어쩌다 경찰이 되었다는 것보단 그럴듯한 이유를 하나 대는 게 더 좋을 것 같았다. 그래서 궁여지책으로 학창 시절 그 사건을 떠올렸던 것이다. 자신이 다니던 학교의 학생들이 사건의 피해자였던 것은 사실이었으니까.

용훈은 피식 웃음이 나왔다. 사소한 과거의 언행 하나가 현재의 운명을 좌지우지할 수 있게 된 사실이 재미있었다. 어쩌면 파면 위기를 딛고 더 크게 반등할 기회일지도 몰랐다. 아직은 위기에 놓인 상태이지만 기분 좋은 웃음이 절로 나왔다.

'이런 걸 나비효과라 한다지.'

선의로 한 행동 하나가 파면 위기라는 나쁜 결과를 도출할 수 있었지만, 불순한 의도로 한 행동 하나가 뜻밖의 행운을 도출할 수도 있었다. 이 편지가 일생일대의 기회가 될 것 같은 생각에 용훈은 주저할 수 없었다. 그는 재수사를 밀어붙이기 위해 다시 총경실로 향했다. 경찰의 무능을 증명하는 것이나 다름없는 미제 사건을 고작 편지 한 통을 계기로 수면 위에 올리는 것은 도박과 같았다. 아마 기나긴 설득이 될 것이었다.

온통 파헤쳐져 제 속을 드러내고 있는 땅 위로 부슬부슬 비가 내렸다. 산허리는 곳곳마다 구멍이 나 있었고, 굴삭기는 맡은 바 임무를 마치고 위용 있는 자태로 쉬고 있었다. 그리고 외따로 서 있는 용훈은 한풀 꺾인 듯이 착잡하고 초연한 몰골이었다. 세상은 고요하고 아무것도 달라지지 않았다. 그때 우의를 입은 필수가 다가와 손에 쥔 다른 우의를 용훈에게 내밀면서 말했다.

"왜 혼자 계세요? 같이 올라가시지 않고요?"

위에서는 아직 굴삭 작업이 한창인 듯했다.

"나 하나 낀다고 못 찾던 게 찾아지는 것도 아니고. 위에는 어때?"

"아주 난리도 아닙니다."

용훈은 우의를 걸치며 위쪽을 올려다봤다. 그가 먼저 파헤친 곳은 '나비봉까지 전방 100m'라는 화살표 표지판이 꽂힌 이곳이었다. 약도에 그려진 나비 모양의 지형은 나비봉이 분명했다. 이곳을 기점으로 전방 100m뿐만 아니라 일대의 흙을 죄다 깊숙이 파헤쳐 갈아엎었지만 소년들은 나오지 않았다.

편지 한 통에 대대적인 수색 작업을 펼친 게 무모했던 걸까. 갑작스레 기력이 빠져나가는 기분에 용훈은 쪼그려 앉았다. 그런데 그가 앉은 자리 맞은편으로 화살표가 그려진 바위가 보였다. 가만히 그것을 들여다보던 용훈은 불현듯 한 가지 생각이 떠올랐다. 그는 다시 약도를 들여다봤다. 한참을 약도와 표지판을 번갈아 보던 용훈이 핸드폰을 꺼내 등산로를 알려주는 애플리케이션을 작동했다. 그러자 문제가 드러났다. 어떤 영문인지 표지판의 방향이 조금 틀어져서 잘못된 장소를 가리키고 있었던 것이다. 하늘에서 보면 위치가 잘못된 것을 금방 알았겠지만 산속에서는 그 장소가 나비봉이 아니라는 것을 쉬이 알 수 없었다. 표지판이 잘못된 것을 알게 된 누군가가 바위에 표식을 새겨 넣은 것은 아닐까. 형사의 예리한 촉이 발동했다. 그리하여 바위에 새겨진 화살표를 기준으로 그 일대에 다시 땅파기 작업에 돌입했다. 그리고 머지않아 형사의 예리한 촉은 화살이 되어 적소에 명중했다.

파헤쳐진 땅 위에 놓인 유골들로 연신 카메라 플래시가 터졌다. 주변으로는 과도한 취재진과 구경꾼들이 몰려 있었다. 과잉 열기를 진압하려는 경찰 병력까지 더해 그야말로 아수라장이었다. 경찰청을 출입하는 중앙일간지와 방송사 기자단에게 아무리 엠바고를 요청해도 들어지지 않았다. 대한민국에서 가장 유명한 미제 사건이었기에 언론 윤리는 말끔하게 어겨졌다. 너 나 할 거 없이 '단독'이라는 타이틀을 달아 서로 먼저 보도하기에 급급했다.

이 사건이 특별한 건 용훈에게도 마찬가지였다. 징계위원회를 앞두고 원래 용훈은 수사 일선에서 물러나야 했다. 하지만 실종 소년들이 묻힌 장소를 밝혀낸 편지가 단 한 사람의 수사관을 정해 전달된 만큼 용훈에 대한 징계위원회는 유예되었다. 이는 경찰서장의 특별 지시였다. 덕분에 그는 최전선에서 수사에 임할 수 있었다.

용훈은 아수라장의 현장에서 동떨어져 멀거니 풍경을 바라보고 있었다. 애써 태연한 척하지만 그의 손은 미세하게 떨리고 있었다. 외투 주머니에서 형사 수첩을 꺼낸 용훈은 그 안에 붙여놓은 소년들의 사진들을 펼쳐 봤다. 각각의 사진 아래 최정수, 박경윤, 소재욱이라는 소년들의 이름이 적혀 있었다.

"그 애들이 맞겠죠?"

"정확한 건 국과수 감식 결과 나와봐야 알겠지만 거의 확실하다고 봐야지."

"근데, 참 이상하네요?"

"뭐가?"

"그때 실종된 애들은 세 명이었잖아요? 왜 두 구만 발견된 거지?"

사실 용훈도 그 부분이 의아했다. 용훈은 땅 위에 올려진 유골을 다시 살펴봤다. 일부 뼛조각이 소실되어 드문드문 빈 자리를 둔 채 맞춰진 인골의 형상이 반듯하게 놓여 있었다. 두 개의 두개골에는 금이 가 있었다. 두 구의 유골 발견만으로도 엄청난 성과였지만 아직 풀어야 할 문제가 많이 남아 있었다. 하지만 지금은 깊이 고민하고 싶지 않았다. 용훈은 그저

30여 년 전 실종 사건의 유골을 발굴했다는 영광을 만끽하고 싶었다.

"감식하면 나올 수도 있어. 두개골은 몰라도 뼛조각은 섞여 있을 수 있으니까."

"공소시효는 끝났죠? 사건 일어난 지 한 30년 넘지 않았나."

자꾸 김빠지는 소리를 하는 후배의 말에 용훈은 반응하고 싶지 않았다. 대신 화두를 돌리기로 했다.

"정락교도소는? 알아봤어?"

"수감번호 4861 찾아봤어요. 이름 이희수. 살인으로 징역 10년 받았고요."

"그럼 됐네. 그 새끼가 다 불 때까지 조지기만 하면 되잖아."

"아뇨. 이희수는 연막인 것 같아요. 편지랑 필적이 완전 달랐어요."

필수는 자신의 핸드폰을 내밀어 사진을 보여줬다. 편지와 수감 생활 일지가 나란히 찍혀 있었다. 편지는 악필이었지만 일지는 달필로 확연한 차이가 있었다.

"야, 그거야 얼마든지 가짜로 쓸 수 있잖아."

"그래요. 한 사람이 작정하고 못 썼거나 작정하고 잘 썼거나 둘 중 하나일 가능성도 있죠. 그래서 필적감정을 맡겼는데 동일 인물일 가능성은 제로랍니다."

용훈은 분통이 터졌다. 유골이라는 확실한 증거가 나온 상황에 편지와 일지의 필적이 다르다고 운운하니 기가 막힌 것이다.

"그리고 결정적으로 그 이희수 말입니다. 한 달 전 사망했답니다."

"뭐?"

"편지 소인은 열흘 전이었잖아요? 그러니까 다른 사람이 보낸 거죠."

어처구니가 없는 사실에 용훈은 말문이 막혀버렸다. 그는 사건의 전말을 가늠해봤다. 누군가 사망한 재소자의 이름을 도용해 사서함 우편물을 보낸 거였다. 케케묵은 미제 사건을 일사천리로 해결해줄 것만 같던 편지가 오히려 수사를 오리무중에 빠뜨리고 있었다.

"그 작업을 한 놈이 범인일 가능성이 크겠죠?"

"아휴 씨, 다 잡은 줄 알았더니 이제 시작이란 거네."

용훈은 다시 수첩을 펼쳐 봤다. 사진 속 소년들의 얼굴을 쓸어내리는 그의 손길이 쓸쓸하면서도 아련했다. 편지 덕분에 유골은 찾았지만 사건의 진범은 아직도 아이들의 죽음을 가지고 장난질을 하고 있었다. 지금까지는 성과를 위해 물불 안 가리고 덤비는 불나방이었다면, 아이들의 유골과 마주한 이제는 그들의 원통함을 달래주고 싶다는 사명감 같은 것이 그의 가슴속에 분연히 고개를 들었다. 사뭇 진지한 용훈의 표정을 유심히 보던 필수가 물었다.

"친구였어요?"

용훈은 그렇지 않다고 답변하기 싫었다. 물론 친구라기에 거리감이 있는 것은 사실이었다. 하지만 지금만큼은 그들의 친구가 되고 싶었다. 당시 같은 학교에 다녔으며 동갑이라는 것만으로도 충분했다. 용훈은 잠시 고민하다 애매한 대답을 뱉었다.

"그렇기도 하고, 아니기도 하고."

그러나 필수는 프로파일러답게 이미 용훈의 심중을 파악하고 있었다.

"아예 안면 튼 적도 없나보네요?"

"난 그 학교 다닐 때 아예 친구가 없었다. 인생 암흑기라 좀 그랬어."

"아무래도 이 사건 장기전이 될 거 같아요."

이미 30년을 끌어온 사건이었다. 어쩌면 빠른 성과를 내고 싶었던 용훈이야말로 경솔했던 것일지 모른다. 엎어진 김에 쉬었다 간다는 말은 그를 위한 말일까. 용훈은 이제야 상황을 제대로 들여다봐야겠다는 생각이 들었다.

1992년 8월 16일. 사건이 있던 그날, 아이들에게 대체 무슨 일이 있었던 걸까. 아득해진 용훈은 지그시 눈을 감았다. 머릿속이 복잡해지면 의례히 하는 행동이었다. 지금은 학창 시절을 떠올려보기 위해 행한 의식이었다. 간절히 소망하면 꿈에서라도 그날과 조우할 수 있지 않을까. 그때 용훈의 발아래 깔린 사진 하나가 필수의 눈에 들어왔다.

"선배, 여기 사진."

눈을 뜬 용훈이 사진을 건네받았다. 아마 수첩 사이에 끼워놓은 것을 흘린 모양이었다. 사건 조사를 맡게 된 이후, 용훈은 피해자 가족들을 찾아가 실종된 소년들의 사진들을 어렵게 구해 왔다. 그 사진 역시 마찬가지였다. 소년들의 단체 사진은 서로의 친밀도를 알 수 있는 중요한 자료였다. 체육복을 입은 소년들이 환한 미소를 짓고 어깨동무를 한 채 나란히 서 있었다. 땀으로 흠뻑 젖은 모양새로 봐 운동을 막 끝낸 후의 모습 같았다.

사진 속 소년들의 우정이 보기 좋다고 생각하던 그때 문득 용훈은 어떤 특별함을 발견하고 다시 사진을 들여다봤다. 정수, 경윤, 재욱 그리고 또 다른 소년이 거기 있었다. 세 소년은 낯설었지만 한 소년만큼은 익숙한 느낌이 있었다. 용훈과 같은 반으로 당시에 어느 정도 말문도 텄던 소년이 거기 있었던 것이다.

"왜 못 알아봤을까? 이 친구를."

그제야 이 사건과 관련해 물어볼 만한 인물을 찾아낸 것만 같았다. 용훈은 기분 좋은 미소를 지었다. 용훈의 혼잣말을 듣지 못한 필수가 물었다.

"앞으로 어떻게 할 거예요, 선배?"

한껏 상기된 기분을 누른 채 용훈은 필수를 돌아봤다.

"몽땅 다 조져야지. 이제 거기 재소자 전부 용의자야."

불완전변태

새벽 미사를 마치고 사제관으로 복귀한 이 신부는 식복사가 차려놓은 밥상과 마주했다. 고등어구이, 배추김치, 냉이된장찌개, 계란찜, 진미채볶음이 정갈하게 한 상 차려져 있었다. 모두 이 신부가 좋아하는 반찬들이었다.

"고등어는 좀 짤지도 몰라요. 이번에 마트에서 산 자반들이 간이 센 편이어서요."

"그럼 물에 말아 먹으면 맛있겠네요."

식전 기도를 마친 이 신부는 곧장 밥그릇에 물을 부어 고등어구이로 첫술을 떴다. 머지않아 그의 얼굴에 흡족한 미소가 지어졌다.

"전에 계시던 신부님은 짠 건 도통 안 드셔서 신부님도 그럴까봐 걱정했거든요."

"요즘 밥맛이 좋아요. 아주 맛있습니다."

"신부님은 어딜 가나 사랑받으시겠어요. 잘 드시는 모습이 보기 좋아요."

"전에 있던 본당에서는 입이 짧다는 소리를 많이 들었습니다."

"아, 진짜요? 전혀 안 그러신데…."

"이게 다 식복사님 요리 실력이 좋아서죠. 덕분에 포동포동 살찌고 있어요."

기분이 좋아진 식복사가 한껏 미소 짓자 입매와 눈가로 굵직한 주름이 졌다. 꽤 동안인 편이지만 웃을 때만큼은 50대 후반의 본래 나이를 감출 수 없었다.

"아, 내 정신 좀 봐. 잠깐만요."

식복사는 빠르게 거실로 나가 협탁에 있던 신문을 들고 주방으로 돌아왔다. 그러고는 곧장 이 신부 옆의 식탁 자리에 얌전히 올려뒀다.

"식사 때 꼭 신문 보시잖아요."

"이렇게까지 안 챙겨주셔도 되는데, 감사합니다."

정수기에서 냉수와 온수를 번갈아 따른 물잔을 식탁에 내려둔 채 식복사는 꾸벅 인사를 하고 밖으로 나갔다. 몇 술을 떠 식사하던 이 신부는 어느 정도 허기가 가시자 신문이 눈에 들어왔다. '능리산에서 발견된 유골, 주파수 실종 사건 피해자들로 밝혀져', '30년 만에 미결 사건 미스터리 실타래 풀리나?' 같은 헤드라인이 1면을 장식하고 있었다. 기사에는 두 구의 유골이 발견되었다는 소식과 함께 수색 현장의 사진이 실려 있었다. 이 신부 역시 해당 사건을 눈여겨보고 있었다. 아니, 남들보다 더욱 관심이 갈 수밖에 없었다. 학창 시절의 친구들을 앗아간 사건이기에 더욱 그랬다. 어느새 이 신부는 수저도 내려놓은 채 양손으로 신문을 들고 기사를 읽었다.

'실종자는 세 명이지만 유골은 두 구뿐, 또 다른 한 소년은 과연 어디로?' 국과수 부검 결과 발굴해낸 유골은 정수와 경윤이었다. 기사는 사건 당시 함께 사라진 또 다른 소년 재욱이 여전히 실종 상태라고 말하고 있었다. 짧은 인터뷰에는 아이들을 유골로 조우한 부모들의 비통한 심경이 담겨 있었다. 부모의 사진은 블러 처리되어 있었지만 처절함이 그 너머로 뚫고 나오는 듯했다. 이 신부는 몰입해 기사를 읽어 내려가다가 혼잣말처럼 재욱의 이름을 읊조렸다.

이 신부는 여전히 발견되지 않은 그가 더없이 측은했다. 그가 살아 있을 가능성은 현저히 낮았다. 가해자가 무슨 장난을 친 것일까. 30년의 세월이 흐르고도 홀로 가족의 품으로 돌아가지 못한 친구의 비참한 처지를 생각하니 이 신부는 가슴에 답답한 분노가 차올랐다. 그리고 오늘 밤에는 친구들을 위한 기도를 올려주기로 마음먹었다. 특히 여전히 발견되지 못한 소년에 대해 간절히 기도를 올리겠다고 다짐하며 남은 식사를 정리했다.

오전 미사를 집전하는 이 신부의 눈에 어쩐지 익숙한 얼굴이 보였다. 왜소한 체격을 가지고 있지만 강인한 눈빛만은 어쩌지 못하는 백발이 성성한 노인이었다. 전례부가 제1독서와 제2독서를 이어하는 내내 제단에 착석한 이 신부는 그 노인을 골똘히 바라봤다. 그러나 노인의 옆자리에 동반한 밝은 표정의 아들을 발견하고는 그가 아는 얼굴이 아님을 깨달았다.

'아버지일 리가 없잖아.'

다시 보니 노인은 아버지와 닮긴 해도 조금 더 젊고 밝은 인상을 하고 있었다. 강인함 속에 인자함이 깃든 눈빛이었다. 늘 꼿꼿하기만 하던 아버지의 얼굴에서 이 신부는 그런 온기를 느껴본 적이 없었다.

이날은 아버지의 생신이었다. 오전과 오후에는 일정대로 성당의 일을 소화하기로 했다. 저녁에는 문동성당 교구 소속 순회 신부에게 미리 미사를 부탁했다. 이변이 없다면 엄마와 약속한 대로 가족을 만나러 가야 했다. 하지만 예정된 시간이 다가올수록 이 신부는 착잡한 한숨을 내쉬었다. 그 시간에서 어쩐지 도망치고만 싶었다.

"동물에게도 영혼이 있을까요?"

청소년 성서 모임의 시간, 한 소녀가 불쑥 물었다. 고해소에서 만난 젬마였다. 모임을 시작하기 전 이 신부는 궁금한 것이 생기면 무엇이든 물어봐도 좋다고 아이들에게 말했다. 그러나 둘러앉은 여덟 명의 청소년들이 약속이라도 한 듯 침묵할 때 소심하다고만 여겨지던 소녀가 강단 있게 질문을 던진 것은 의외였다. 이 신부는 소녀에게 확실한 답을 해주고 싶었다.

"젬마가 그걸 물어보는 이유를 먼저 알려줄 수 있을까?"

"어떤 유튜브 종교 채널에서 봤어요. 동물은 인간과 달리 영이 없어서 영혼도 없다고요. 그래서 천국에 가지 못한대요. 그게 사실이면 너무 슬플 거 같아서요."

소녀는 금세 눈시울이 붉어졌다. 금방이라도 눈물이 터져 나올 것만 같았다. 이 신부는 소녀의 감정적 파동이 느껴졌다. 그는 소녀를 위로해줄 말을 찾아 부드러운 투로 말했다.

"모든 건 다 하느님이 만들어낸 피조물이야. 하느님은 아무 의미 없이 어떤 생명체도 만들지 않으셨어. 그런 하느님이신데 희로애락을 아는 동물에게 당연히 영혼을 부여하셨겠지. 인간을 사랑하듯 동물도 사랑해주시거든."

"그렇죠? 정말 그런 거죠, 신부님?"

간절히 바라며 대답을 구하는 소녀를 보며 이 신부는 고개를 끄덕였다. 그리고 인간과 동물은 모두 같은 생명의 가치를 지니고 있다고 덧붙였다. 그제야 소녀는 모든 의문이 가신다는 듯 안도의 미소를 지었다.

소녀는 자신 때문에 죽은 반려동물의 얘기를 꺼냈다. 7년여 동안 소중히 키운 앵무새가 어느 날 자고 일어났더니 아무리 찾아도 보이지 않았다고 했다. 끝내 앵무새를 어렵게 찾은 곳은 자신이 자고 일어난 이부자리였다. 어린 마음에 함께 잠자리에 들고 싶어 부모님 몰래 앵무새를 데려와 가슴에 올려두고 잔 것이 화근이었다. 속이야기를 털어놓으면서 소녀의 눈가가 다시금 촉촉해졌다.

앵무새는 소녀에게 더없이 소중하고 가장 사랑하는 존재였을 것이다. 어린 소녀에게 그날의 일은 전부를 잃은 것이나 다름없었다. 소녀가 고해를 하려다가 몇 번이고 돌아섰던 일들이 이 질문과 관련된 것이 아닐까 이 신부는 짐작했다. 그리고 어린 마음에는 다소 무거운 짐을 지고 살았을 소녀가 안쓰러웠다. 그것은 본의 아니게 벌어진 사고였다. 이 신부는 소녀가 의도하지 않은 그 죽음이 죄가 될 수는 없다고 말하며, 동물도 영혼이 있으니 천국에 갈 것이라고 덧붙였다. 소녀는 신부의 말이 위로가 되는 듯 종전보다 더 환하게 미소 지어 보였다. 그때 한 소년이 충동적으로 질문을 던졌다.

"신부님 그럼 육식은 죄가 될까요? 또 육식동물은 어떤 가요?"

호기심을 이기지 못한 요셉이 물어온 것이다. 의도하지 않은 살생이 괜찮다면 육식은 의도적인 살생이니 잘못이냐는 질문이었다. 이 신부는 차분히 말했다. 자연은 인간이 개입할 수 없는 영역이고, 그것의 잘잘못을 가릴 수도 없는 일이라고. 그저 섭리대로 놔두면 될 일이며, 인간의 육식도 그 섭리 속에 있는 것이라고. 자연의 섭리 그 이상도 이하도 아니라고 말했다. 요셉이 천진스럽게 고개를 끄덕였다.

성당 마당에 돗자리를 깔고 앉았다. 청소년 성서 모임을 마치면 의례히 진행되는 일이었다. 화단에는 자색의 코스모스가 흔들거리며 가을의 정취를 뽐고 있었다. 배달된 떡볶이와 피자를 먹으며 아이들과 이 신부는 담소를 나눴다. 그때 요셉의 손끝이 한 나무를 가리켰다. 나무엔 사마귀 한 마리가 미동도 없이 붙어 있었다. 허물을 벗는 중에 멈춘 것이다. 이 신부가 말했다.

"사마귀가 변태 중인 거 같네."

"아침부터 저 상태 그대로예요. 죽었는지 살았는지 모르겠어요."

요셉의 말에 호기심이 생긴 이 신부가 나무로 다가갔다. 자세히 보니 사마귀가 허물을 벗는 중에 다리가 끼어 더 이상 빼내지 못하고 있는 모습이었다. 불완전변태였다. 이 신부는 도움을 주고자 선뜻 손을 내밀었다. 조심히 허물을 벗겨주려던 그때였다.

"신부님, 그러다 손 다치세요."

"사마귀한테 쏘이잖아요."

"자연의 섭리라면서요? 그대로 놔둬야죠."

이 신부는 머쓱해졌다. 방금 전 자신이 아이들에게 젠체하며 해준 말이 곧 자신의 행동에 족쇄가 되었다. 사실 이 신부도 생의 원리나 자연의 섭리 같은 것을 깊이 생각해보지는 못했다. 어쩌면 청소년들의 의식 수준과 비슷할지도 모를 일이었다. 그저 그럴듯한 대답을 해주고 싶었다. 아이들의 의식을 좋은 뜻으로 고취시키고 싶은 마음에 한 말들이었다. 아이들의 말에 사마귀를 향하던 손은 허공에서 갈 곳을 몰라 주저하고 있었다. 그 순간 구세주처럼 누군가가 나타났다.

끼익, 대문이 열리고 한 남자가 들어섰다. 이 신부는 낯선 남자를 의아하게 바라봤다. 처음 보는 얼굴이었다. 아마도 전입한 새로운 신자인 듯했다. 저벅저벅 걸어온 남자가 곧장 이 신부에게 자연스레 손을 내밀었다. 하지만 이 신부는 악수하자고 내민 손을 선뜻 잡을 수 없어 물러섰다. 그러자 남자가 말했다.

"이성준 씨? 아, 이제 신부님인가?"

"예. 접니다. 누구시죠?"

"나 기억하겠어요?"

"…."

이 신부는 남자를 도무지 알 길이 없었다. 그저 상대의 얼굴을 헤아리겠다는 듯 응시하며 고개를 갸웃거릴 뿐이었다.

"권용훈이야. 면학중학교 2학년 8반. 기억하지?"

"권용훈?"

이 신부가 기억 속의 이름을 더듬어보고 있는데 남자가 그를 넙죽 끌어안았다. 이 신부는 그가 밝힌 이름을 따라 발음했을 뿐인데 용훈이라는 남자는 자신을 알아챈 것으로 여기는 듯했다. 아이들과 짧게 담소를 마치고 본가로 가는 채비를 하려던 참에 당황스럽고 어색한 만남이었다.

그렇게도 피하고 싶었던 가족을 만나러 가기로 한 날, 이 신부는 이변이 없다면 약속을 지켜야 했다. 하지만 누군가의 우연한 방문이 그에게 약속을 피할 수 있는 반가운 변수가 될 것만 같았다.

회귀

"아마 그때가 1992년 4월이었지? 까까머리 전학생 말이야. 온통 짧은 머리에 이마 쪽으로 길게 스크래치가 한 줄 세게 들어가 있던. 나더러 양아치 새끼 같다고 학교 쌈꾼들은 죄다 시비 털러 오고, 툭하면 옥상으로 불려 가서 치고 박고 싸우는 게 내 일이었는데. 사실 난 원래 더벅머리에 꽤 조용한 타입이었어. 아버지 사업이 망하고 전학을 오면서 완전히 삐뚤어졌지. 어차피 1년도 안 있을 거 막 가고 싶더라.

인주시로 이사 가자마자 했던 게 그 머리였어. 최대한 양아치처럼 보이게 해달라고 주문했지. 내 계획은 제대로 맞아떨어진 거야. 운이 좋았는지 결국 그 학교 일진 제압하고 그제야 잠잠해지더라. 내가 무슨 괴력을 가진 것도 아니고 운동을 한 것도 아닌데 걔들 다 때려눕힌 건 기적이었지. 나중에 가서 생각해보니까 분기탱천, 이거 하나로 설명이 되겠더라. 난 세상이 존나게 억울했거든. 방황하는 마음이 반항이 되니까 사람이 싹 바뀌더라. 그때는 온몸이 화 덩어리였어.

너는 책만 봤잖아. 노는 놈들, 쌈질하는 놈들, 공부하는 놈들… 어느 쪽도 아니고 혼자 전혀 다른 별세계였어. 교실에 얌전히 앉아서 교과서도 아닌 특이한 서적을 보거나 조용히 뭔가를 끼적이고 있었지. 그래, 기도문을 적는다고 말해줬다. 그때부터 넌 신부가 될 자질이 있었던 거 같다. 중학생 때 남자새끼들은 쌈이나 하고 야한 잡지나 돌려보고 그러는 게 전부인데, 그런 거 일절 없고 하여간 남달랐어.

그래서 내가 오히려 다가갔잖아. 네가 호기심을 자극하더라고. 그 학교 날라리 놈들 죄다 놀자고 달라붙어도 꿋꿋이 선 그은 건 걔들이랑 엮이기 만사 귀찮아서야. 어차피 그 학교는 나한테 그냥 정거장이었으니까. 그런 내가 너한텐 다가갔다니까. 체육복이랑 공책 같은 거 빌리면서 내가 말 붙였잖아. 기억하냐? 넌 부탁하는 대로 순순히 다 들어주는 착한 놈이었고, 내가 또 도움만 받고 입 씻는 그런 스타일은 아니라 그 핑계로 먹을 거 챙겨다 주고 그랬지. 산딸기, 밤, 머루, 운이 좋으면 감 같은 거 내가 산에서 따다가 너한테 주곤 했거든. 너도 그 선물들 전부 좋아했어.

너는 우리 반 애들보다 다른 반 애들이랑 더 친한 것처럼 보였어. 우리 반에선 툭 터놓고 대화하는 친구를 본 일이 없는데 다른 반 애들이랑은 서슴없이 어울리고 같이 뜀박질하고 그랬으니까. 방과 후에 네가 축구하던 걸 기억해. 같이 뛰던 애들은 모르는 얼굴들이었어. 얌전하기만 한 네가 공을 쫓아 방방 뛰어다니던 게 신기해서 꽤 오래 쳐다봤지. 한동안 보고 있으니까 네가 날 의식하고는 손을 흔들어주더라. 남자끼리 이런 말 하기는 뭣하지만, 아 기분이 좋더라고. 나름 친구가 생긴 것 같아서.

야, 얘기하다보니까 여러 가지 기억이 난다. 현장학습 때는 네가 내 몫까지 김밥을 싸 와서 같이 도시락도 나눠 먹고 그랬는데. 동네 떠돌이 개한테 네가 먹이로 주던 빵을 내가 뺏어 먹었던 적도 있고. 이런, 내가 혼자 너무 떠들었네. 미안하다. 네가 날 모른다니까 알려주고 싶은 마음에 별별 얘기를 다 꺼내고 주접을 떨었네. 여기까지만 할게. 어때, 성준아? 이래도 기억이 안 나?"

이 신부의 표정이 아득해졌다. 시종일관 떠들던 용훈과 사이에 투명한 막을 두고 앉은 것 같았다. 마치 영화를 보듯 멍하게 그를 쳐다보고 있었던 것이다. 일방적으로 실컷 떠들고 상대의 그런 모습을 마주하니 용훈은 괜히 머쓱해졌다. 대답을 강구하듯 다시 마지막 말을 덧붙였다.

"정말 기억이 안 나?"

"아니, 기억나. 밤톨 용훈이."

"그래, 맞아! 밤톨이 내 별명이었잖아. 이제 기억하네."

이 신부가 기분 좋은 얼굴로 고개를 주억였다. 그리고 용훈에게 손을 내밀었다. 그는 오랜 친구와 제대로 인사를 나누고 싶었다. 용훈은 반색하며 이 신부의 손을 잡아 악수를 나눴다. 이제 모든 확인 절차가 끝난 셈이다.

그 후 용훈은 자신이 강력반 형사가 된 얘기를 꺼냈고, 이 신부는 그런 그에게 천직이라고 말을 해줬다. 그러고는 각자 직업에서 오는 애환을 털어놓기도 했다. 그러한 각별한 해후는 거기까지가 끝이었다.

오래전의 추억을 한 보따리 열거하고 나니 급격히 어색함이 감돌았다. 만남에 목적이 있는 자와 그렇지 않은 자는 온도 차가 있었다. 전자는 자신의 목적이 혹여 상대를 불편하게 할까 염려했고, 최대한 자연스럽게 얘기를 꺼내기 위해 말을 망설였다. 후자는 갑자기 찾아온 상대가 어떤 목적을 드러낼지 알 수 없어 은근한 두려움과 노파심을 느꼈다. 둘의 정적은 당연한 수순이었다. 어색함이 감돌자 용훈은 소파에서 벌떡 일어나 거실을 둘러봤다.

"이런 데를 사제관이라고 하나? 혼자 사는 방치고 꽤 넓고 좋은데?"

그렇게 말해놓고서 용훈은 아차 싶었다. 혼자서 사는 신부 방이 뭐 이리 호화스럽냐고 빈정대는 말로 들렸을까봐 괜한 걱정이 든 것이다. 기우와 다르게 이 신부는 환하게 웃으며 말했다.

"목마르지? 시원한 물 좀 갖다 줄까?"

"물 말고 딴 건 없어? 시원한 맥주라든지 소주도 좋고. 정 없으면 한잔하러 나갈까?"

"술이 마시고 싶어?"

"너 스케줄 있니? 아, 신부는 술 마시면 안 되나?"

"아니, 그건 아니고. 와인은 몇 병 있는데 괜찮아?"

"와인? 야, 그런 건 여자 꾈 때나 먹는 거 아니냐. 남자끼리 먹으려니까 오글오글하다."

"와인이 그런 건가?"

"미안. 신부 앞에서 말실수했네. 가져와. 같이 먹자."

이 신부가 주방으로 나가며 TV를 켜줬다. 용훈은 소파 팔걸이에 놓인 리모컨으로 이리저리 채널을 돌려보다 뉴스에 고정했다. 마침 주파수 실종 사건이 보도되고 있었다. 언론은 30년 만에 발견된 소년들의 소식을 전하느라 연일 분주했다. 몇 꼭지의 뉴스가 넘어가자 용훈이 인터뷰해준 기자의 보도가 이어졌다. 교도소에서 온 편지로 유골을 발견하고 수사의 가닥을 잡을 수 있었다며 현장 모습과 함께 용훈의 얘기를 전해주고 있었다. 용훈이 자신의 인터뷰는 언제 나올지 기다리고 있을 때 이 신부가 돌아왔다. 한 손엔 와인과 유리잔 두 개, 다른 손엔 치즈와 견과류, 포도송이가 담긴 접시를 들고 있었다.

용훈은 그가 좋은 타이밍에 들어왔다고 생각했다. 자신의 인터뷰가 나올 때 그가 본다면 좀 더 자연스럽게 대화의 물꼬를 틀 수 있을 거니까. 그러나 야속하게도 인터뷰는 나오지 않았다.

'뭐야? 잘린 거야, 지나간 거야?'

용훈이 황당해하는 사이 이 신부는 자리에 앉아 와인을 따기 시작했다. 이제 정치 뉴스가 나오고 있었다. 용훈은 무의미한 뉴스를 꺼버렸다. 어느새 유리잔에 붉은 와인이 따라져 놓였다. 건배를 하자마자 용훈이 와인 한 잔을 쭉 들이켰다. 한 모금을 마시고 내려놓은 이 신부가 그를 쳐다봤다. 용훈은 곧장 자신의 잔을 한 번 더 채우고는 다시 건배를 하자는 뜻으로 잔을 들었다.

"오랜만에 만난 친구끼리 회포 풀면 좋잖아."

"그래, 좋지."

건배를 하자마자 용훈이 또 한 잔을 쭉 들이켰다. 친구만 홀로 마시게 할 수는 없어 이번에는 이 신부 역시 자신 몫의 술을 다 비웠다. 용훈은 또다시 와인을 급히 따르려 했다. 이 신부가 용훈을 제지하며 말했다.

"좀 천천히 마시자."

"미안. 어색한 게 싫어서 그래. 술기운을 받으면 좀 다를 거 같거든."

"내가 따라줄게. 자꾸 자작하지 마."

이 신부가 용훈의 잔에 와인을 따르고 자신의 잔도 채웠다. 용훈은 다시 와인을 급하게 들이켰다. 연거푸 세 잔을 비운 뒤에야 그는 소파에 느슨하게 기대앉으며 폭주를 멈췄다.

"좀 괜찮아졌어?"

"응, 아까보다 한결 낫다."

"이제 얘기해봐. 뭐 때문에 찾아온 거야?"

갑작스러운 용훈의 방문이 이 신부는 내심 의아할 수밖에 없었다. 중학교 2학년 때 같은 반으로 만나 잠시 친하게 지낸 것은 그도 기억하는 사실이었다. 하지만 각자의 사정으로 전학을 가면서 두 사람은 자연스럽게 서로 연락을 끊었다. 그만큼 대단한 우정을 나눈 사이는 아니었던 것이다. 상냥하지만 거리감이 느껴지는 이 신부의 얼굴을 보며 용훈은 아직 본론으로 들어가기에 이르다고 생각했다. 그래서 짐짓 한발 물러서기로 했다.

"갑자기 찾아와서 내가 좀 무례했지?"

"그보단 고마웠지."

"…."

"출가하고 나서는 내 어릴 때 이름으로 불려본 적이 거의 없거든. 신부님, 이스테파노 늘 이렇게 불려서. 성준이라고 불러주는 네가 참 애틋하고 좋아. 과거로 돌아간 거 같기도 하고."

"애틋해? 너는 학창 시절이 좋았나보다. 나는 징글징글했는데…."

용훈의 말에 이 신부는 허탈한 웃음이 지어졌다. 자신이야 말로 그 누구보다 힘든 학창 시절을 보냈다. 한때는 그로 인해 선택하지 못한 평범한 삶에 대한 회한도 있었다. 하지만 그런 사사로운 감정까지 알려줄 필요가 없다는 생각에 이 신부는 그저 웃음 지어 보였다.

용훈은 이 신부의 슬픈 미소를 보고 자신이 실수했음을 깨달았다. 그 사건으로 친구들을 잃었을 이 신부의 학창 시절이 마냥 좋았을 리가 없었다. 원체 불같고 단순한 성격이지만 새삼 섬세하지 못한 자신이 답답할 지경이었다. 그래도 어쩌면 이것이 대화의 주제를 바꿀 기회일지 몰랐다. 용훈은 이 신부가 마지막에 꺼낸 '과거'라는 말에 자신의 목적을 엮어볼 심산으로 조심히 말을 꺼냈다.

"우리 중학생 때 있었던 사건 기억하지? 주파수 실종 사건.

최근에 실종된 애들 발굴했잖아. 실은 내가 요즘 그 사건을 파헤치고 있어."

"아, 그 사건을 네가?"

"응. 범인 잡아야지. 안 그래?"

"그래야지. 이번에는 꼭."

"피해자 애들 학창 시절 사진을 찾다가 보니까 너도 같이 찍은 게 있더라고."

이 신부는 금시초문이었다. 영문을 모르겠다는 그의 표정을 보고 용훈은 단체 사진을 꺼내 보여줬다.

"내가 워낙 친구가 없었잖아. 그 학교에서 수사에 관해 물을 사람이 너 하나뿐이더라고. 사진만 봐도 그렇고, 내 기억에도 너희 넷이 제법 친했던 것 같은데. 혹시 뭐 기억나는 거 없어?"

이 신부가 주저하면서 희미한 한숨을 내쉬었다. 차마 말을 잇지 못하던 그가 앞에 있던 와인을 벌컥 마셨다. 용훈은 그런 이 신부를 잠자코 보고 있었다. 그의 행동은 뭔가 아는 바가 있는 것 같았다. 마침내 이 신부가 어렵게 대답했다.

"나는 그 사건의 생존자였어."

용훈은 꼴깍 마른침을 넘겼다. 이 신부를 만나기 전 그는 그간의 수사 기록을 훑어봤다. 그렇기에 그가 사건의 생존자라는 사실은 이미 알고 있었다. 하지만 사건의 생존자라는 것이 그 사건에 깊이 연루되어 있다는 뜻으로 직결되지는 않았다. 실제로 기록상 그의 증언은 너무도 희미하고 모호했다. 그리고 그 아래로 '기억장애'라는 네 글자가 휘갈겨 써져 있었다. 사건의 가장 가까이에 있으나 동시에 가장 멀리에 있기도 한 사람. 당시의 수사관은 그가 별 도움 안 되는 참고인이라고 생각하고 심문을 멈췄으나 지금 용훈의 생각은 달랐다. 그에게는 분명 자신조차 모르는 사건의 결정적 열쇠가 있을 것이었다.

"사건 당시 조사 기록을 보니까 기억장애 후유증이 남은 것 같던데…."

"맞아. 의사 말 들어보니까 스스로를 보호하기 위해 무서운 기억을 지운 거라고 하더라. 그런데 기억하지 못해서 오히려 더 힘든 것 같아. 도대체 무슨 일이 있었는지 모르니까."

용훈은 이 신부의 증상에 대해 거듭 물어봤지만 사실 그게 궁금한 건 아니었다. 사건의 본질에 파고들기 위해 그저 그의 병증에 관심 있는 척 대화를 이어나가는 것이었다.

"나도 그런 피해자를 본 적 있거든. 폭행을 당하고 충격 때문인지 당시 기억을 잃어서 결국 사건 진술을 가해자한테 의존해야 했는데, 영 찜찜하더라. 그래서 네가 말한 그 증상을 난 이해했거든. 그건 그렇고 네가 어떤 충격을 받아서 그런 걸까?"

"…."

"사건 당일에 대체 무슨 일이 있었던 거야?"

"…"

이 신부는 말없이 고개를 숙였다. 용훈은 방금 전 했던 질문을 후회했다. 그렇지 않아도 기억을 잃고 힘들어하는 피해자에게 사건에 관해 캐물어봐야 기억의 문은 더 굳게 닫힐 뿐이었다. 어떻게 해야 방어적인 무의식을 무장해제할 수 있을까. 용훈은 얘기를 더 에둘러 가보기로 했다.

"어디서부터 어디까지 기억하는지, 그건 말해줄 수 있어?"

"…"

이번에도 역시 이 신부는 말을 꺼내지 못했다. 용훈은 일전에 프로파일러 필수가 일러준 라포르 형성을 떠올렸다. 상호 간의 신뢰와 감정 교류, 그의 기억에 다가가기 위해선 그것이 필요했다. 용훈은 너무 성급하지 말자고 생각했다. 차라리 이럴 땐 완전히 대화에 빠져나오는 것도 하나의 방법이라고 했다. 용훈은 대화 주제를 돌릴 생각으로 다른 말을 꺼냈다.

"아니다. 너도 힘들 텐데 괜한 부담만 더 준 것 같네. 미안. 이젠 우리 사는 얘기 할…"

"축구."

이 신부가 느닷없는 단어를 꺼냈다. 뜻밖의 두 음절에 용훈은 당황했다.

"축구?"

"네가 말해줘서 떠올랐어. 내가 방과 후 축구하던 걸 봤다고 했잖아. 사진까지 보니까 완전히 생각이 나. 사건이 있던 날도 우리 넷은 축구를 하고 있었어. 그런데 점점 굵은 비가 내리기 시작했지."

용훈은 추임새마저 방해가 될까 고개만 끄덕이며 이 신부가 많은 얘기를 꺼내게 됐다. 몰입한 그들은 어느 순간 과거로 돌아가 있었다.

"원, 투, 골짜기 검바위 조난 발생… 원, 투, 구조…."

무전기가 울렸다. 조난 상황을 암시하는 어떤 이의 다급한 목소리가 전달되다 끊어졌다. 방과 후 운동장에서 축구하며 놀던 네 명의 중학생들은 갑작스러운 폭우에 스탠드 캐노피 밑으로 들어섰다. 그때 벗어둔 교복 속에서 때마침 울린 무전 신호를 들은 것이다.

무전기는 얼마 전 소년들이 폐법당에서 주운 것이었다. 습득한 후로 잠잠하기만 해서 소년들은 그저 고장 난 것이려니 여겼다. 그런 무전기가 뜻밖에 작동하는 마당에 심지어 구조 요청이라니. 소년들은 어떻게 반응해야 할지 몰라 난감하게 서로의 얼굴만 바라보고 있었다.

"가보자."

재욱의 손에 쥐어진 무전기를 모두가 떨떠름하게 보고 있는데 정수가 말했다. 평소 같으면 먼저 흥분해서 말을 꺼내는 사람은 재욱이었을 것이다. 하지만 웬일인지 그는 별로 동참하고 싶지 않은 얼굴이었다. 지난번 홀로 폐법당에 갇힌 일에 아직 괴로운 마음이 남은 것이었을까. 재욱은 산에 가지 않겠다며 불편한 내색을 보였다. 하지만 정수가 분위기를 주도했고, 결국 재욱의 무전기마저 손에 거머쥔 채 앞장을 섰다. 재욱도 마지못해 동참하며 소년들은 구조 산행에 나섰다.

"골짜기 검바위… 골짜기 검바위…."

소년들은 어느새 체육복 위에 우의를 걸친 채 악천후를 뚫고 산 초입에 오르고 있었다. 이열종대로 짝을 지어 정수와 경윤이 앞장서고, 성준과 재욱이 그 뒤를 따르며 함께 나아갔다. 산의 지리를 훤히 알고 있는 정수가 목표 지점을 되뇌면서 주위를 둘러봤다. 한참 산을 오르던 그때 성준이 정수의 어깨를 가벼이 치며 말했다.

"저, 정수야. 우리 안 가면 안 돼?"

"뭐야? 아까는 별말 없이 간다고 했잖아."

정수는 성준에게 쏘아붙였다. 소년들은 성준을 멀뚱히 바라봤다. 재욱만은 그런 성준에게 힘을 보태듯이 고개를 주억여줬다. 재욱의 반응을 보고 용기를 얻은 성준이 목소리에 힘을 줘 다시 말을 이었다.

"생각해보니까 너무 위험할 것 같아."

침묵은 밤의 공기처럼 무거웠다. 쏴아아… 쉴 새 없이 쏟아지는 빗줄기가 그들의 사이를 차갑게 가로막았다. 경윤은 대치하는 친구들을 만류하듯 눈치를 살피면서 성준을 봤다. 그러자 성준은 한 사람씩 바라보다가 다시금 말을 이었다.

"그냥 우리 돌아가서 경찰에 신고하자. 응?"

"신고는 이미 했고, 지금은 태풍 때문에 차가 못 들어온다잖아."

정수가 다소 짜증이 섞인 말투로 언성을 높였다. 이때 경윤이 뭔가 생각난 듯 가방 안을 헤집기 시작했다. 탐방로 지도나 나침반 등의 여러 산악 장비들 중에서 LED 랜턴을 집어서 성준에게 내밀었다.

"무서우면 너 이거 할래?"

성준은 경윤이 내민 랜턴을 얼결에 받아들었다.

"골짜기 검바위면 7부 능선이야. 거기 어딘지 내가 확실히 알아."

용감무쌍한 정수의 말에 다시 상황은 원점으로 돌아갔다. 하산하고 싶은 성준의 소심한 반란은 그렇게 실패로 끝났다. 급기야 랜턴을 손에 쥐는 바람에 산길을 앞서 비추는 역할까지 맡아버렸다. 이젠 자리마저 바꿔 정수 곁에서 선두로 가야 하는 처지가 되었다.

"엄마가 오늘 일찍 들어오라 그랬는데…."

이번엔 뒤따라오던 재욱이 모두의 발목을 잡는 말을 했다. 정수는 '아이 씨' 짜증을 내며 휙 돌아봤다.

"소재욱, 네가 무슨 애냐?"

"아니, 미리 말을 못 했는데 걱정하실 수도 있잖아. 날씨도 이런데."

"우리 엄마도 걱정할 텐데, 뭘 그래?"

성준은 랜턴을 비추다가 문득 먼 데를 발견하고 우뚝 멈춰 섰다. 뒤따르던 경윤이 성준의 시선을 따라 먼 데 산등성이를 보다가 덩달아 멈추고는 소리쳤다.

"어? 저기 봐. 무슨 불이 켜져 있는데?"

"어디? 어디? 와, 진짜네."

먼 데 붉은빛을 발견한 정수가 반색했다. 경윤은 그에게 조심히 물었다.

"저기가 검바위 쪽이야?"

"어? 글쎄."

"뭐야, 이 산 잘 안다며?"

경윤의 채근에 정수가 머쓱해져서 대답했다.

"비도 오고 어두워서 좀 헷갈리네. 여기서 저기가 좀 멀기도 하고."

"아마 맞을 거야. 책에서 봤는데 원래 조난당하면 구조 신호로 불을 켜놓는대. 조난자가 저기로 와달라는 것 같은데…."

경윤의 말에 소년들은 다시 깊은 산속으로 올라가기 시작
했다. 랜턴을 쥔 성준의 손이 가벼이 떨렸다. 재욱은 운동화
끈을 묶으려 자리에 앉았다. 눈치 채지 못한 소년들은 계속해
서 나아갔고 재욱과 점점 멀어져갔다.

멀어지는 소년들을 헤아린 재욱은 오히려 발걸음 소리를
죽여 그들과 반대 방향으로 뛰어갔다. 그리고 주저 없이 절벽
난간에 올라섰다. 폭우에 떨어질 듯 위태롭지만 먼 산을 둘러
보며 동태를 살폈다. 마치 보초를 서는 군인처럼 재욱은 진지
하게 산 전체를 둘러보고 있었다. 그때 돌난간이 바스러지며
돌들이 툭툭 떨어졌다. 귀가 밝은 성준이 그 소리를 듣고 발
길을 멈춰 뒤를 돌아봤다. 그리고 절벽 난간에 올라선 재욱과
눈이 마주쳤다. 재욱은 검지를 코와 입에 댄 채 모른 체하라
는 신호를 보냈다. 성준은 영문을 알 수 없다는 듯 그저 서 있
었다.

"성준아, 뭐 해?"

"랜턴 비춰야지."

소년들의 성화에 성준이 다시 고개를 돌려서 그들을 바라
봤다. 그때 정수가 성준 곁으로 다가와 물었다.

"어? 재욱이 어디 갔어?"

"진짜네. 어디 갔어?"

어느새 곁으로 다가온 경윤이 성준에게서 랜턴을 뺏어 들

고 사방을 둘러봤다. 그러나 어디에도 재욱은 보이지 않았다. 소년들은 잔뜩 긴장한 채로 사방을 둘러봤다. 고요한 산속은 온통 암흑뿐이었다.

"혼자 집에 간 거 아니야?"

"그렇겠지. 별로 오고 싶지 않아 했잖아."

정수의 물음에 경윤이 대답했다. 성준은 재욱이 어디 있는지 알고 있었지만, 재욱이 바라는 대로 침묵해야만 했다. 경윤은 랜턴을 성준에게 돌려줬다. 소년들은 다시 발걸음을 재촉했다. 그들을 따라가면서 성준은 조심히 절벽을 돌아봤다. 절벽 난간 한편에 몸을 숨긴 재욱의 옷가지가 보일 듯 말 듯했다.

재욱은 멀어지는 소년들을 몰래 지켜보고 있었다. 그러던 그때 돌난간이 바스러지며 재욱의 발이 훅 아래로 빠졌다. 재욱은 재빨리 다른 난간으로 발을 옮겨 간신히 위기를 면했다. 재욱도 사라진 상황에 성준은 더 산행을 하고 싶지 않아졌다. 친구들을 따라가다가 속도를 늦추던 때, 정수가 성준의 등짝을 후려쳤다.

"야, 랜턴 잘 비춰라."

성준은 채찍질을 가하면 마지못해 뛰는 말처럼 내키지 않은 발걸음을 이어나갔다.

산 중턱에 오르자 붉은빛이 더욱 가까이 보였다. 언덕만 넘으면 목적지 '골짜기 검바위'에 도달할 수 있었다. 성준은 마지못해 무리를 따라 걸었다. 용감한 정수는 그런대로 이 상황을 즐겼고, 탐정소설을 좋아하는 경윤도 나름의 모험을 즐기고 있었다. 하지만 성준은 이런 놀이에 그다지 흥미가 없었다. 어떤 이유인지 친구들에게 비밀로 한 채 홀로 절벽으로 올라가버린 재욱을 떠올리며 성준은 이곳에 의지할 사람이 아무도 없다는 생각이 들었다.

그런 생각이 들자 성준은 다시 발걸음을 우뚝 멈춰 세웠다. 정수와 경윤은 성준이 멈춘 줄도 모른 채 몇 걸음 정도를 더 걷다가 허전함을 느끼고 돌아봤다.

"진짜 못 가겠어?"

정수가 작은 한숨을 내쉬고 성준에게 해방 같은 말을 덧붙였다.

"그럼 집에 가도 돼."

그제야 성준의 얼굴에 화색이 돌았다. 그러던 그때 경윤이 마치 발목을 잡듯 말했다.

"성준이 너, 혼자 내려갈 수 있겠어?"

성준은 의연히 고개를 끄덕였다. 그러자 경윤은 성준에게 다가가 랜턴을 가지고 돌아섰다. 성준은 자신의 손에 쥐여 있었던 빛의 장비를 잃은 순간 잊고 있었던 산속 어둠을 새삼

자각했다. 산 아랫길을 내려다보니 모든 것을 집어삼킬 듯한 컴컴한 어둠이 무섭게 도사리고 있었다. 산 위로 멀어지는 친구들을 따라가지도, 산 아래로 홀로 내려가지도 못하겠어서 성준은 우두커니 장승처럼 서 있었다.

성준을 등진 채 걸어간 소년들은 산언덕을 넘어섰다. 경윤이 랜턴을 이리저리 비추다가 마침내 나무 사이에 꽂힌 손전등을 발견했다.

"저거였네."

"그럼 여기 어딘가에 조난자가 있겠다. 그렇지?"

손전등 주변을 둘러보던 정수가 먼 수풀 사이에 묵직해 보이는 자루 하나를 먼저 발견했다.

"저기, 포대 자루 같은 게 있어."

"조난당한 사람 짐이겠지. 분명 근처에 있을 거야."

마른침을 꼴깍 삼킨 경윤이 큰 소리로 말을 건네며 주변을 둘러봤다.

"저기요. 계세요? 저, 저기."

"설마 이미 죽은 거 아니야?"

시종일관 상황을 이끌던 정수는 본격적인 구조에 나서야 할 시점에 꽁무니를 빼며 소심한 모습을 보였다. 오히려 경윤의 뒤로 한 걸음 물러선 채 수풀로 다가서고 있었다. 그때 경윤이 숨넘어가듯 놀라는 소리를 냈다. 덩달아 놀란 정수가 꽥히 경윤을 탓하는 말을 했다.

"아, 놀랐잖아. 왜 그래?"

"저기 자루 밑에, 피 같지 않아?"

경윤은 자루를 가리키며 몸을 여리게 떨고 있었다. 정수는 그런 경윤의 얼굴에서 시선을 돌리지 못했다. 차마 경윤의 손끝이 가리키는 쪽으로 고개를 돌릴 용기가 나지 않은 것이다. 하지만 일말의 용기를 내어서 시선을 바닥에 붙이고 자루를 향해 천천히 몸을 돌렸다. 빗줄기와 어둠에 시야가 뭉개져 명확히 알아보기 힘들지만 자루 밑에 자란 붉은색 풀을 핏자국으로 오인한 것으로 보였다. 그렇게 마음을 놓으려던 정수는 미간을 찌푸리며 다시 자루 밑을 살펴봤다. 이내 정수의 몸은 명백한 공포에 휩싸이며 굳어졌다.

"피다…"

소년들은 말이 없어졌다. 자루 안에 든 것은 무엇일까. 사람일까 짐승일까, 최악의 경우 그들이 구하러 온 조난자일까. 그때 뒤늦게 친구들을 쫓아온 성준이 바로 근처에서 그들의 대화를 들으며 상황을 가늠하고 있었다. 따라온 것을 들켰다가는 또 선두에 세워질 것 같아 모습을 숨기고 있던 것이다. 다시 소리가 들려왔다. 수풀을 스쳐가는 소리였다. 친구들의 움직임은 아닌 것 같았다. 그곳에는 피 묻은 자루, 보이지 않는 조난자, 그리고 다른 누군가가 있었다.

"뭐, 뭐야?"

"괴물 같아."

소년들은 비명을 지르며 왔던 길로 달음박질쳤다. 성준도 갑작스레 터진 비명을 들었다. 소년들의 비명 소리는 세차게 내리는 빗줄기 소리를 제압해버리고도 남았다. 그제야 비로소 호기심과 모험심보다 무서움이 우위에 서며 소년들은 어둠을 가르고 달려 나갔다. 성준은 본능적으로 구석에 있는 나무 뒤로 잽싸게 숨어들었다.

나무 한 그루에 의지하며 가쁜 숨을 몰아쉬는 나약한 소년의 눈앞에 사색이 되어 헐레벌떡 뛰는 정수와 경윤이 지나쳐 갔다. 그들은 연신 뒤를 돌아보며 누군가를 피하듯 혼비백산 도망치는 모양새였다.

나무 뒤에 숨은 성준은 그 모습을 보며 자신의 존재가 발각되지 않게 가쁜 숨소리가 새어 나가지 않도록 입을 꽉 막았다. 하지만 흥분된 호흡은 쉬이 진정되지 않았다. 공포에 질린 채 온몸을 바들바들 떨던 성준은 급기야 발작을 일으켰다. 존재를 감추려던 노력은 수포로 돌아갔다. 어느새 그런 성준의 위로 점차 커다란 그림자가 드리워졌다. 서서히 그림자에 잠식당하는 순간, 성준의 시선이 그림자의 주인공에 머물렀다. 끝내 소년은 거품을 물고 쓰러졌다.

새벽녘, 수풀 위에 점점이 박힌 물방울만이 간밤의 거센 날씨를 알려줄 뿐 이제 빗줄기는 가서 있었다. 정신을 놓았던 성준이 깨어났을 땐 그 자리 그대로였다. 간밤의 일들이 잘 기억나지 않았고, 그저 평화롭기만 한 맑고 화창한 날씨였다. 자신이 어째서 산에 와 있는지는 몰라도 아마 친구들과 동행했을 것이었다.

"경윤아, 정수야, 재욱아! 어디 있어? 장난치지 말고 나와!"

산을 둘러보며 친구들의 이름을 불러보던 성준은 아무리 외치고 소리쳐봐도 반응 없는 그들이 야속하기만 했다. 성준은 간밤의 일들이 그저 아스라한 꿈 같았다. 하지만 설명하기 어려운 스산한 기운만은 소년의 온몸에 오롯이 박혀 소름으로 돋아났다. 성준은 아이들이 온데간데없이 사라진 것이 그저 장난을 치거나 자기들끼리 집으로 돌아간 것이라고만 여겼다. 서운한 마음에 투덜거리면서 서둘러 젖은 비탈길을 내려갔다.

"거기까지야. 내가 기억하는 건…."

용훈은 멍하게 이 신부를 바라봤다. 30년 전 기억 속으로 빨려 들어갔다가 나온 용훈의 심장이 그날의 소년들처럼 빠르게 뛰고 있었다.

내부로 진입하다

용훈은 서둘러 지청으로 복귀하고 있었다. 이 신부가 사건을 기억해내기 시작한 것은 큰 수확이었지만 그보다 더 시급한 일이 터져버렸다. 징계위원회가 결정된 용훈은 해당 사건에서 빠져야 한다는 상부의 의견이 나온 것이다. 지청 광역수사대와 미제사건전담반이 주축을 이뤄 주파수 실종 사건을 담당하겠다고 나섰다. 이에 강력반 송 계장이 맞서며 용훈에게도 소식을 전해줬다.

총경을 비롯한 송 계장, 과학수사반, 미제사건전담반이 모여 회의를 진행할 것이라고 했다. 그 회의에 참석하지 않으면 어쩌지 못하고 사건을 넘겨야만 했다. 반드시 용훈이 이 사건을 맡아야 한다는 정당한 사유를 직접 가서 밝혀야만 했다.

용훈은 이 신부를 만나고자 남쪽 지방 멀리 내려와 있었다. 사건 당일을 기억해내기 시작한 만큼 이 신부와 더 얘기를 나누고 싶었으나 수사권을 뺏기면 이 모든 성과가 말짱 도루묵이었다. 용훈은 친구에게 제대로 된 인사도 건네지 못하고서 부리나케 서울로 출발했다. 부랴부랴 쉴 새 없이 달려 도심 속 혼잡한 도로에 진입했다. 그때 용훈의 핸드폰이 울렸다. 송 계장이었다.

"아휴, 지금 달려가고 있어요. 내가 가자마자 상황 정리 딱 끝낼 테니까 기다려봐요. 뭐요? 누가 진행해요? 에이 씨, 그 새끼가 왜?"

미제사건전담반의 윤철호 팀장이 이번 사건을 담당하겠다고 나섰다. 그는 용훈과 동기로 오래전부터 서로 날을 세우고 있었다. 송 계장에게 그 사실을 전달받은 용훈은 다급해졌다. 한시라도 빨리 소명 기회를 가져야 했다.

급한 마음에 옆 차선의 빈틈을 노려 끼어들기를 시도했다. 그때 뒤에 오던 차량에 치일 뻔했지만, 용훈이 급히 핸들을 꺾어 위기를 모면했다. 그런데 그 순간 갑자기 꺼져버리는 시동에 난감해지고 말았다. 아무리 다시 시도해도 시동은 걸리지 않았다. 용훈의 뒤에 있던 차들이 경적을 울렸다. 졸지에 2차선과 3차선을 가로막은 꼴이 되었다. 기가 막힌 타이밍에 그의 낡은 차가 퍼져버린 것이다.

철호는 준비한 보고서를 총경과 송 계장에게 전달했다. '주파수 실종 미제 사건 전담 TF팀'이라고 적혀 있는 문서에는 미제사건전담반과 과학수사반이 함께 해당 사건을 맡아 진행하겠다는 계획이 적혀 있었다.

"최근 발생한 열 살 아이 유괴 및 살인 사건 영향으로 미제 사건인 주파수 실종 사건의 범인을 반드시 검거해야 한다는 원성이 자자합니다. 비록 공소시효는 지났지만 반드시 해결해야 할 사건입니다."

"타이밍이 맞물렸지. 아동 살인 사건까지 또 터져서…."

철호의 발표에 총경이 맞장구를 쳤다. 최근 어린이를 상대로 한 잔학무도한 범죄가 또다시 발생했다. 그로 인해 오랜 미제 사건이자 미성년자 대상 범죄인 주파수 실종 사건을 해결하자는 여론도 들끓고 있었다.

"얼마 전 어느 재소자가 현직 경찰한테 편지를 보내 유골 두 구가 묻힌 장소를 알린 사상초유의 사태가 있었습니다. 그 누군가가 사건 해결에 협조할 거란 기대로 TF팀을 꾸렸습니다. 미처 발견하지 못한 또 다른 한 명의 실종자를 찾고 진범을 밝히는 것을 팀의 목표로 했습니다."

"근데, 왜 그 팀에서 권용훈 경위는 뺀 겁니까? 우리 애가 편지 받았잖아요."

문서를 살펴보던 송 계장이 철호에게 물었다. 이는 곧 철호의 수사를 우호적으로 바라보는 총경에게 묻는 말이기도 했다.

"권 경위는 곧 징계위원회가 열리지 않습니까? 뇌물 수수 혐의면 파면일 것이고 잘 풀리면 그나마도 은퇴가 뻔한데요. 비리 경찰 하나 때문에 똥물 튈 일 만들 수 없죠."

"그래. 권 경위야 본인의 실수인 거고 빼는 게 당연해. 그간 미제 사건으로 남겨둔 것도 경찰한테 수치인데 마무리는 완벽하게 해야지."

총경이 철호의 말에 뒷받침하듯 송 계장의 질문에 마무리 대답을 했다. 묵묵히 회의록만 작성하던 필수가 조심히 손을 들었다. 모두의 시선이 필수에게 꽂혔다.

"그래도 이 사건을 가장 잘 알 만한 사람이 맡아야 하지 않을까요? 재소자가 용훈 선배를 집어 편지를 쓴 것도 그렇고, 피해자가 용훈 선배 학창 시절 동창인 점도 그렇고, 무엇보다 본인 의지가 있고요. 상황에 치우치지 않도록 옆에서 잘 핸들링할 사람만 붙여주면 될 거 같은데요."

"누굴 붙여? 널?"

철호가 물었다. 그러자 필수는 고개를 숙였지만 무언으로 긍정적인 답변을 한 셈이다. 송 계장은 여전히 철호의 반응이 탐탁지 않았다.

"굳이 TF팀까지 결성할 필요는 없다고 봅니다. 본래도 강력반에서 맡았던 사건이고, 담당 형사 역시 사건 해결 의지도 강하고요. 무엇보다 범인이 선택한 거라…."

"계장님, 그렇기 때문에 더욱 TF팀이 필요한 겁니다. 조사 대상이 교도소 재소자로 한정된 만큼 꾸물거릴 것 없이 모든 팀이 발 빠르게 움직여야 해요. 비단 미제사건전담반뿐 아니라 형사계, 범죄분석반, 과학수사반 등등 주요 인력으로 형성된 TF팀이…."

그러던 그때 쾅, 하는 요란한 소리를 내며 문이 열렸다. 용훈이 들어온 것이다. 품에는 사건 자료를 한가득 담은 커다란 상자를 들고서 말이다. 곧장 상자를 회의 중인 테이블 위에 세차게 내리자 참석자 모두 벙벙한 눈길로 용훈을 봤다.

"TF팀은 무슨. 좆 까라 그래."

상자 안에는 주파수 실종 사건의 수사 내역과 함께 학창 시절의 사소한 자료들까지 담겨 있었다. 게다가 정락교도소 팔백여 명의 재소자 명단과 인적 사항부터 해당 사건에 연고가 있거나 동종의 범죄를 저지른 수감자 명단까지, 용훈이 그간 추슬러놓은 자료들이 몽땅 담겨 있었다.

철호가 준비한 보고서는 그에 비하면 아무것도 아닌 것이 되었다. 그 상자 하나로 용훈이 해당 사건을 맡아야 하는 이유는 충분해 보였다. 용훈의 수사에 반대하던 총경 역시 그의 노고에 혀를 내두르며 인정하는 수밖에 없었다.

끝내 수사 허락은 받았지만 한 가지 조건이 남아 있었다. 그것은 징계위원회가 예정된 시일까지 남은 한 달 동안만 그가 수사를 맡을 수 있다는 것이었다. 더 지체할 시간이 없었다. 용훈은 곧장 교도소로 출발하기로 했다.

하얀색 소나타 차량 트렁크에 상자를 실었다. 갑작스럽게 고장 난 본인의 SUV 대신 렌트 차량 한 대를 급히 공수한 것이다. 차에 올라타려 할 때 어느새 내려온 송 계장이 그를 마중했다.

"야 용훈아, 팀원 맞춰서 가. 혼자 못 한다?"

"하는 데까지 해보고, 정 힘들면 SOS 칠게요."

"왜? 같은 팀도 못 믿겠냐? 뺏길까봐?"

용훈은 대답 대신 한숨을 쉬었다. 그리고 곧바로 운전석에 올라탔다. 송 계장은 더욱 안달이 나서 매달렸다.

"어허? 이거 진짠가보네. 야 인마, 내가 너 위에서 까이는 거 지켜줬는데…."

"다들 이 사건 먹으려고 혈안이잖아요. 하이에나 새끼들처럼."

"징계위원회 한 달도 안 남았어. 교도소 가서 또 사고 치면 감당 안 되잖아."

"어차피 모 아니면 도입니다. 날 받은 놈이 더 문제 될 게 있겠습니까."

"미제 사건 실종자 찾아낸 거면 수훈 공로로 인정되어 징계 선방할 수 있어. 내가 잘 말해볼게. 나 믿지?"

"계장님은 믿죠. 근데요, 기왕 끝날 거 멋지게 한번 불살라 보렵니다."

"하여간, 꼴통 새끼."

용훈이 시동을 켰다. 안전벨트를 매며 측면을 보자 어느새 내려온 필수가 저 먼발치에서 용훈을 바라보고 있었다. 송 계장은 다시 매달렸다.

"아무리 생각해봐도 이거 아니야. 어떻게 재소자 전원을 한 달 안에 조사해?"

"한번 해보려고요. 미제 사건 범인은 우쭐하거든요."

"뭐? 우쭐? 자기소개냐?"

"저한테 그딴 편지 보낸 거 보면 과시욕이 상당한 건데 우린 그 심리를 역이용하면 만고땡이죠. 자, 갑니다."

소나타가 출발했다. 백미러로 보니 멀리서 우두커니 선 필수가 엄지손가락을 추켜세우고 있었다. 그 모습을 본 용훈이 차창 밖으로 엄지손가락을 올려줬다. 송 계장은 자신에게 보내는 수신호인 줄 알고 "역시 미친놈"이라며 툴툴댔다.

"해령시 얼굴 없는 아동 사체 사건의 범인인 장 씨의 재판이 진행되었습니다. 한쪽 다리에 선천적 보행장애가 있던 장씨는 평소 아이들에게 조롱을 받아온 일이 범행의 이유였다고 변론했습니다. 이에 대해 전문가들은 성범죄가 있었던 점에서 이번 사건을 단순 증오에 의한 우발적 살인으로만 보기에는 무리가 있으며, 장 씨의 변론이 변명에 지나지 않는다고 의견을 모았습니다."

운전 중 라디오에서 나오는 뉴스에 용훈은 부르르 몸을 떨었다. 어린아이를 상대로 저지른 잔혹한 범죄에 분노가 치밀었던 것이다. 기자는 그가 징역 35년을 선고받고 구치소에서 교도소로 이감되었다고 말했다. 그가 수감되는 곳은 흉악범이나 강력범을 사회에서 격리하기 위해 국가 정부의 개입을 최소화하며 설치한 민간 교도소였다.

1에서 6사동은 일반 수형자와 2범 이하 수형자를 수용하고, 8에서 10사동은 2범 이상 수형자를 수용한다. 특히 7사동은 강간죄, 살인죄, 사체유기죄의 범죄자들이 주로 수감된다. 기자는 장규석이 7사동에 수감될 것이라고 말했다.

"장규석 이 씨발 새끼, 나한테 걸리면 죽었어."

어느덧 용훈의 차가 정락교도소가 있는 명천시에 다다랐다. 차창 밖으로 지방 소도시의 풍경이 보였다. 공업 도시와 시골의 경계가 이색적인 풍경을 자아냈다. 공장 지대와 과실 나무들이 대비를 이루고 있었다. 저 멀리 하천 너머 산세에 높은 담벼락 건물이 보였다.

용훈의 차는 수심이 깊은 하천을 지나서 정락교도소에 다다랐다. 가파른 암벽으로 삼면이 막힌 이곳은 익히 잘 알려진 탈옥 고전 영화의 이름을 따서 일명 '빠삐용 요새'라고 불렸다. 그만큼 산세 깊은 곳에 위치하고 있어 탈옥이 절대 불가능한 철옹성이었다.

교도소 대문 앞에 도착해 담당 교도관에게 전화를 걸자 곧 철제문이 열렸다. 안으로 들어온 용훈은 적당한 곳에 차량을 멈춰 세웠다. 전면을 둘러보자 희한하게도 병원 차량이 한 대 서 있었다. 이때 건물 안에서 다급히 뛰어나오는 한 젊은 교도관이 보였다. 용훈은 자신을 마중 나온 줄 알고 차량에서 내려 손을 들었다. 그러나 교도관은 곧장 병원 차량으로 뛰어갔다.

용훈은 무안했다. 손을 내리고 병원 차량으로 다가갔다. 그때 건물 안에서 누군가가 들것에 실려 나왔다. 용훈은 눈을 비비고 다시 바라봤다. 분명 장규석이었다. 반삭으로 밀려 있는 머리, 피가 쉴 없이 나오는 옆구리, 온통 빨갛고 파랗게 피멍이 든 얼굴은 한눈에 봐도 처참한 몰골이었다. 용훈은 실소가 터졌다. 법 위에 있는 무법지대의 민간 교도소다웠다.

"이야, 정락교도소가 대단하긴 하네. 내 손에 뒤질 새끼였는데…."

용훈이 그를 보며 으스대고 있을 때 장규석은 병원 차량에 실려 출발했다. 상황을 수습하고서야 교도관은 용훈이 눈에 보였다.

"어디서 오셨어요?"

용훈은 무슨 말을 어디서부터 어떻게 시작해야 할지 난감해졌다. 어리바리하고 있을 때, 교도관이 용훈 뒤편에 선 누군가를 보며 바싹 군기 잡혀 목례했다.

"교정감님, 안녕하십니까."

"어, 그래. 들어가 일 봐."

그러자 교도관이 꾸벅 인사를 하고 스쳐갔다.

"권용훈 경위님?"

용훈은 자신의 담당자가 저 교정감이라고 생각하며 그에게 다가갔다.

"네, 제가 권용훈입니다. 담당자님?"

"제가 담당자는 아니고요."

"또 아닙니까?"

"일단 안으로 들어가서 얘기 나누시죠."

집무 책상 앞으로 거대한 원탁이 배치된 이곳은 교도소장실이었다. 원탁에 찻잔이 놓였다. 소장이 상석에 앉고 교정감과 용훈이 원탁을 사이에 두고 마주 앉았다.

"오늘 사건 하나가 터지는 바람에 상황이 상황인지라 미처 마중을 못 나갔네요. 죄송합니다."

"아 예, 장규석 작살난 거 말씀하시나본데, 대충 봤습니다. 이해합니다."

첫 운을 뗐지만 대화는 다시 이어지지 못했다. 차를 홀짝이며 각자의 상념 속에 빠져든 것이다. 용훈은 자신을 담당하는 자가 교도소장이면 앞으로 일을 도모하기가 쉽지 않겠다는 생각에 잠겼고, 소장은 종전에 일어난 교도소 내 사건을 용훈이 봤다는 것이 거슬렸다. 교정감 역시 치부를 남에게 공유한 기분에 찜찜했다. 각자의 불편함이 침묵으로 이어졌다. 어렵게 대화를 이어간 것은 소장이었다.

"우리 재소자가 보냈다는 그 편지 말입니다."

"…."

"외부의 누군가가 우리 교도소에서 보낸 것처럼 날조를 했을 가능성도 있을 거 같습니다. 사서함 우편물이란 게 내부에서 밖으로 함부로 나갈 수 없는 시스템이라…."

"조작 여부까지 확인해봤는데, 그럴 가능성은 없었습니다. 범인은 확실히 이 안에 있어요."

용훈의 완강한 태도에 소장이 회유를 포기하듯 고개를 끄덕였다. 그러자 바통을 이어받은 것처럼 교정감이 말했다.

"권 경위님을 도와드릴 인력이 부족합니다. 내부 사정을 잘 아는 고위 교도관 위주로 찾아봤는데 기존 업무 일정이 빡빡해 이번 사건에 특별히 배정하기가 어려울 거 같습니다."

"괜찮습니다."

교정감이 소장을 쳐다봤다. 소장은 고개를 주억여줬다. 마치 허락해주는 것처럼 말이다. 그러자 교정감이 용훈에게 말했다.

"그럼 우리가 뭘 도와주면 되는 겁니까?"

"교도소 재소자 팔백스물여섯 명 모두 인터뷰를 진행할 예정입니다."

그 말에 교도소장과 교정감이 얼어붙었다. 용훈은 쐐기를 박듯 말했다.

"전체 재소자 인적 사항은 어느 정도 파악했는데, 문서상 파악하는 것과 인터뷰를 통해 파악하는 것은 실질적으로 또 다른 문제이기도 해서요. 몇 가지 검사를 통해 편지의 진짜 발신인을 찾을 예정입니다. 그러려면 일대일 인터뷰가 필요할 거 같고요."

"그럼 기간은 어느 정도로 생각하시나요?"

"딱 한 달이면 됩니다. 그래서 말인데, 빈 방 하나 주셔야겠어요."

교도소장이 어이없다는 듯 웃음을 터뜨렸다. 용훈이 그런 교도소장을 뚫어져라 봤다. 그의 말이 진심이라는 것을 인지

한 교도소장은 급격히 얼굴이 굳어졌다.

"교도소에 빈 방이랄 게 있겠습니까."

"가뜩이나 방이 부족해서 여러 수감자들이 좁은 방에 한데 들어가는 일로도 인권 탄압이다 뭐다 말들이 많은데요."

환상의 팀워크를 자랑하듯 교정감의 말에 교도소장이 덧붙여 대항했다. 그러자 용훈은 소장실로 올라오는 길에 7사동 A관을 스쳐 오며 봤던 세탁실을 떠올렸다. 장규석이 피습을 당한 곳으로 피 칠갑이 된 그곳은 교도관들이 온통 달라붙어 수습 중이었다. 워낙 외진 데다 사건 사고가 많이 터지는 위험한 곳이라 폐쇄가 결정되었다던 교도관들의 대화를 용훈은 기억하고 있었다.

"7사동 A관 세탁실 폐쇄된다면서요?"

"그게 왜요?"

"그럼 빈 방이 있는 거네요. 거기로 할게요."

교도소장과 교정감은 서로를 쳐다봤다. 방금 전까지만 해도 그의 터무니없는 계획에 어이없는 웃음이 터진 둘이었다. 앞서 수사를 독려하는 총경의 전화를 받았을 때는 그저 하루 정도 담당하면 될 일이라고 간단히 여겼었다. 그러나 상황이 달라졌다. 모든 재소자를 한 달 안에 다 조사한다는 것은 비현실적인 계획이었다. 하지만 당당히 일갈하는 용훈의 태도에 교도소장과 교정감도 점점 빠져들고 있었다.

또 다른 혐의자

이 신부는 고통받고 있었다. 어린 시절 발병해 오래전 완치했다고 여긴 고질병이 최근 다시 증상으로 나타나기 시작한 것이다. 증상은 대체로 잠에서 깬 새벽 무렵에 나타났고, 전날의 수면 부족 여부에 따라 들쑥날쑥 찾아왔다.

처음 시작은 다섯 살 때였다. 꼬맹이 시절 얼음처럼 굳어 초점 없이 한곳만을 응시하는 증상이 나타났다. 그럴 때면 부모가 말을 걸어도 반응하지 않았다. 마치 다른 세계에 빠져들어 있듯이 말이다. 증상이 자주 나타나자 부모는 곧장 그를 병원으로 데려갔고, 소아뇌전증이라는 진단을 받을 수 있었다.

워낙 어린 나이에 발병해 약물 치료를 꾸준히 받아 병증이 심화되지 않고 학교도 잘 다닐 수 있었다. 그런데 주파수 실종 사건이 터진 이후 병이 재발했다. 극심한 스트레스에 완치의 가능성이 여지없이 무너지고 재발하는 결과를 낳은 것이다. 불미스러운 사건에 연루되어 건강 이상이 생길 것을 우려한 부모는 빠르게 전학을 결정했다. 이 신부는 새로운 학교에서 적응하며 동시에 치료에도 집중했다. 그 덕분에 고등학교를 졸업하기 전 병을 완치할 수 있었다.

그런데 최근 그 병증이 다시 시작되었다. 병의 전조 증상으로 극도의 두려움과 불안을 느끼면서, 긴장 상태가 되어 온몸이 굳고 호흡과 심장박동이 빨라졌다. 그 후에 발작으로 이어지는데 이제는 이골이 나서 스스로 쓰러지기 전에 미리 누워 발작을 대비하는 노하우마저 생겼다.

오늘도 한차례 폭풍이 지나갔다. 그나마 아무도 보지 않는 새벽녘에 증상이 찾아와 차라리 다행이라고 이 신부는 안도했다. 그리고 갑자기 찾아온 이 시련의 원인을 찾기 위해 지난날을 가늠해봤다.

새로운 본당에 오고 낯선 환경에 의한 스트레스가 있기는 했다. 하지만 몇 차례 경험해본 바로는 정해진 매뉴얼대로만 움직이면 되었다. 보좌 신부로 있을 땐 주임 신부에 대한 스트레스가 있었지만 주임 신부가 된 이후엔 그 또한 없었다. 유난스러운 열혈 강성 신도들이 신부의 행동을 지적하는 일이 있긴 해도 사제를 함부로 대할 수는 없었다. 그러니까 사람으로부터 오는 스트레스도 거의 없는 편이었다.

이 신부는 이런저런 스트레스의 가능성을 떠올렸다. 그리고 직접적 원인이 아닌 것들을 판단해 목록을 지워나갔다. 결국 하나가 남았는데 그것은 용훈이었다. 잔잔한 강물 같던 이 신부의 일상에 강렬한 파문을 일으킨 장본인은 한 사람밖에 떠오르지 않았다.

지난날에 용훈과 대화를 나눌 때는 그저 편하게 과거의 얘기를 꺼냈다고 생각했다. 그런데 재발 이후 돌이켜보니 그 일이 굉장한 스트레스였다는 것을 이 신부는 새삼 깨달았다. 그러나 그는 그 사실을 부정하고 싶었다.

"용훈이는 잘못이 없어. 내가 문제야, 내가…."

이 신부는 타인을 탓하고 원망하는 마음이 사악하다고 생각했다. 무엇보다 이런 마음을 가지는 스스로를 용납할 수 없었다. 그렇기에 용훈을 문제 삼으려 하는 자신의 나약한 마음에 경고하듯 혹은 다독이듯 소리 내어 혼잣말했다.

사실 그게 맞는 일이었다. 중학교 동창 용훈은 형사로서 과거의 상황을 알고 싶은 마음에 질문을 던졌을 뿐이다. 문제는 스스로에게 있었다. 예나 지금이나 여전히 그 사건에서 벗어나지 못한 채였다. 이 신부는 어서 그 일들을 털어내고 스스로 성장했다고 느끼고 싶었다.

하지만 떨쳐내려 할수록 생각은 꼬리를 물고 이어졌다. 더군다나 그 사건에 관한 정보가 각종 매체들을 통해 쏟아져 나오고 매일같이 새로운 소식이 들려왔다. 심지어 미사 시간에도 해당 사건과 관련한 보편 지향 기도가 이어졌다. 그러니 그 생각을 벗어나기란 여간해서 쉽지 않았다.

이 신부는 아침과 저녁에 성무일도 기도를 마치고 최근에 발견된 정수와 경윤을 위해 기도를 올렸다. 그리고 아직 발견되지 않은 또 다른 친구 재욱을 떠올리면서는 다른 친구들처럼 찾을 수 있기를 빌었다. 처음에는 그의 무사를 기원했으나 30년 동안 생활반응이 없었던 그가 살아 있을 가능성은 희박했다. 그래서 이제는 유골이나마 찾을 수 있기를 빌었다. 물론 기적처럼 그가 살아 있다면 더할 나위 없이 좋겠지만 말이다.

주일 전날 밤, 이 신부는 새벽 미사를 생각해 일찍 잠들려고 노력했지만 쉬이 잠들지 못했다. 생각이 꼬리를 물고 이어질 땐 성경을 보는 것이 약간의 도움이 되지만 최근 들어서는 이 노력도 허사일 뿐이었다. 덕분에 이날도 병의 전조 증상이 어김없이 찾아왔다. 새벽 4시 46분, 평소보다 이른 시간에 발작이 찾아왔다. 발작이 시작되고 아득해진 정신을 되찾기까지는 10분이 채 걸리지 않았다.

한차례 폭풍이 지나가면 생체리듬이 망가져 다시 쉬이 잠들 수 없었다. 이 신부는 곧 있을 새벽 미사 집전 준비를 평소보다 일찍 시작했다. 흐트러진 몸과 마음을 추스르기 위해서는 그럴 수밖에 없었다.

어떤 정신인지 모르게 미사를 집전했다. 그런데 미사를 마칠 즈음 다시 전조 증상이 시작되었다. 이 신부는 당황했다. 평소라면 잠에서 깨어날 무렵 한차례만 증상이 나타났다. 가장 감추고 싶은 신자들 앞에서 자신의 병이 낱낱이 드러날 상황에 이 신부는 어찌할 바를 몰랐다. 그는 기를 쓰고 비밀스러운 병증을 꾹꾹 눌러 숨긴 채 서둘러 사제관으로 돌아왔다. 사제관에 들어서자마자 댐이 무너지듯 가두어둔 발작이 쏟아져 나왔다.

이 신부는 지금 상태로 남은 미사들을 집전하기에는 무리가 있다고 판단했다. 그래서 문동성당 교구 소속의 순회 신부에게 지원을 요청했다. 보통은 적어도 하루 전에 대리 미사를 요청했지만, 다행히 남은 사제가 있어 무사히 도움을 받을 수 있었다.

정오가 넘은 시각, 이 신부는 오전 미사를 집전해준 최 신부와 함께 점심을 먹었다. 덕분에 오전 시간을 쉰 이 신부는 컨디션이 상당히 좋아졌다. 이만하면 저녁 미사는 직접 집전해도 좋을 만큼 몸 상태가 회복되었다.

이 신부가 저녁 미사를 보겠다고 하자 최 신부는 좀 더 쉬는 게 좋겠다고 당부했다. 처음 봤을 때의 안색이 너무 안 좋아서 아직은 걱정이 된다고 했다. 지금은 오전보다 한결 낫지만 그렇다고 상태가 아주 좋아 보이는 건 아니니 하루 정도는 푹 쉬는 게 나을 것 같다고 덧붙였다. 최 신부가 걱정해주는 마음을 생각해 이 신부는 결국 하루 미사를 모두 쉬기로 했다.

저녁 미사가 시작되기 30분 전에 고해소의 불이 어김없이 들어왔다. 이 신부가 고해소에 들어가 있었다. 좋은 컨디션으로 회복하고서도 사제관에서 가만히 보내기엔 죄스러운 마음이 컸다. 미사는 초대 신부가 진행할지언정 고해성사라도 자신이 맡겠다고 해서 들어온 것이다.

"고해한 지 한 달 되었습니다. 성당에 3주 정도 빠지고 바쁘다는 핑계로 기도를 소홀히 했습니다. 이밖에 알아내지 못한 죄 또한 반성합니다."

"일상 속에서 신앙생활을 소홀히 할 때가 누구든지 있기 마련입니다. 오늘 이 자리를 빌려 주님 안에서 더 크게 성장하는 신자가 되길 기도드리며 묵주기도 5단 보속 드리겠습니다. 성부와 성자와 성령의 이름으로 이 교우의 죄를 용서합니다. 아멘."

"아멘."

"주님께서 죄를 용서해주셨습니다. 평화로이 가십시오."

"감사합니다."

고해성사를 마치고 신자가 나갔다. 보통 약 30초에서 1분 사이의 간격을 두고서 고해를 할 다음 신자가 들어온다. 하지만 이번에는 그보다 더 시간을 두고서 누군가가 고해소로 들어왔다. 이 신부는 장막으로 가려진 작은 쪽창 너머 누군가를 향해 고해성사의 양식대로 먼저 말했다.

"성부와 성자와 성령의 이름으로 아멘. 하느님께서 우리 마음을 비춰주시니 하느님의 자비를 굳게 믿으며 그동안 지은 죄를 사실대로 고백하십시오."

정해진 순서대로 이번에는 신자 쪽에서 대답할 차례였다. 그러나 상대는 한동안 말이 없었다. 그러자 이 신부는 헛기침을 했다. 그것이 신호라는 것을 눈치챈 것일까. 장막 저쪽에 있던 신자가 작은 한숨을 시작으로 조심스레 말을 꺼냈다.

"제가 고해는 처음 해보는 거라서…."

소녀였다. 이 신부는 목소리만으로 젬마라는 것을 단번에 알아챌 수 있었다. 그러나 상대에 대해 알아도 모르는 것처럼 하는 것이 원칙이었다. 성직자에게는 고해 내용에 대한 비밀 유지의 의무가 부여되었다. 익숙한 목소리의 신자여도 모르는 양하며 그들의 성스러운 고해에 대해 비밀을 존중해줘야 했다. 그렇기에 이 신부는 낯선 이를 대하듯 적정한 선을 그어 소녀에게 대답했다.

"두려워할 거 없습니다. 그 앞에 붙어 있는 기도문대로 차근차근 읽어가면서 고해하시면 됩니다. 지은 죄를 사실대로 고백하십시오."

"제가 큰 잘못을 저질렀습니다."

지난번의 청소년 성서 모임에서 소녀가 본의 아니게 반려동물을 죽게 만든 일을 털어놓은 적이 있었다. 이 신부는 소녀가 고해를 하려다가 번번이 문턱에서 돌아섰던 것이 해당 내용일 거라고 어림짐작했다. 성서 모임에서 그러한 고백이 있었던 이후 고해소에 찾아온 소녀이기에 이 신부는 그녀가 할 고해가 더욱 궁금해졌다.

"거짓말을 했습니다. 그로 인해 주변의 사람들이 고통받고 있습니다."

"어떤 거짓말인지 말해줄 수 있습니까?"

"그건 말씀드리기가 어렵습니다. 그냥 거짓말한 사실을 용서받고 싶어요."

이 신부는 난감해졌다. 이런 경우에는 사죄경을 거부해야 하는 일이었다. 그러나 고해소 앞에서 번번이 돌아서던 어린 소녀가 용기를 내어 어렵게 안으로 들어왔다. 처음으로 자신의 죄를 고해하려는 소녀를 차디차게 거부하며 내보낼 수는 없었다. 소녀가 받을 상처를 가늠한다면 더욱 안 될 일이었다.

"마음에 담아놓은 죄를 허심탄회하게 털어놓을 수 있을 때 진정한 고해가 되는 것입니다. 자기의 죄를 어떤 선까지 고해하고 또 고해하지 않고 구분 짓는 것은 아직 그 죄를 당당히 마주할 준비가 되어 있지 않다는 뜻이기도 합니다."

"…"

"생각을 정리할 수 있도록 조금 더 기다려드리겠습니다."

소녀가 고해할 마음의 준비를 할 수 있도록 이 신부는 시간을 주기로 했다. 덕분에 고해소 안은 10여 분간 정적 속에 파묻혔다. 현실에서는 짧은 시간일지 모르나 고해소 안에서는 지나치게 오랜 침묵이었다. 대부분의 신자들이 1, 2분 안으로 고해를 끝내고 길어도 5분 안으로는 모든 고해를 마쳤기 때문이다. 한동안 침묵에 잠겨 있던 소녀가 마침내 대답했다.

"저는 아직 준비가 되지 않은 것 같습니다. 다음에 다시 오겠습니다. 죄송합니다."

곧장 문이 여닫히는 소리가 났다. 이 신부는 허무함을 가눌 길이 없었다. 일면식 없는 일반 신자였다면 오히려 이 신부 쪽에서 먼저 사죄경을 거부했을 것이다. 그러나 어렵게 고해하려는 어린 소녀에게 이 신부는 배려를 베풀고 싶었다. 하지만 이 신부의 기다림은 수포로 돌아가고 말았다.

소녀가 나가고 한참이 지났지만 아무도 고해소에 들어오지 않았다. 시계를 보니 6시 55분이었다. 저녁 미사까지 5분의 시간이 남아 있었다. 보통 이 시각이면 신부가 미사복으로 갈아입을 시간이 필요하니 끝내는 것이 맞았다. 하지만 오늘은 다른 신부가 미사를 집전하니 이 신부가 한 사람의 짧은 고해 정도는 더 진행할 수 있었다. 공백이 길어지고 있었다. 오늘은 이 정도 선에서 마무리해야겠다고 이 신부는 생각했다.

자리에서 일어나 고해소를 나서려던 그때였다. 신자실에서 덜컥 문이 열리는 소리가 들렸다. 그러더니 곧 장막 너머에서 차분한 남성의 음성이 들려왔다.

"신부님께 고해성사를 받고 싶어 멀리서 왔습니다."

이 신부는 잠시 고민하다가 다시 자리에 앉았다. 어차피 미사를 집전하지 않으니 한 사람 정도는 더 할 만했다.

"성부와 성자와 성령의 이름으로 아멘. 하느님께서 우리 마음을 비춰주시니 하느님의 자비를 굳게 믿으며 그동안 지은 죄를 사실대로 고백하십시오."

"고해한 지 30년은 더 된 거 같습니다."

'30년?'

이 신부는 가벼운 혼란에 빠졌다. 남자의 목소리는 아무리 많게 봐도 자신과 비슷한 나이대로 들렸다. 40대의 남자가 30년 전 고해를 언급하는 것은 괜한 농담처럼 느껴졌다. 그때 이 신부는 남자의 목소리에서 이상한 기시감을 느꼈다. 그래서 그 장난 같은 말에도 가슴이 철렁 내려앉는 듯했다. 오전의 증상이 아직 다 가시지 않은 것일까. 이 신부는 자신의 몸이 굳어지고 있는 것을 느꼈다. 그는 서둘러 이 고해가 끝나기를 바라는 마음으로 남자의 다음 말을 기다렸다.

"1992년 8월 16일. 그날 능리산에서 봤습니다."

그것은 이 신부에게도 익숙한 날짜와 장소였다. 이 신부는 남자의 말 한마디, 한마디에 압박감을 느꼈다. 사방이 막힌 고해소가 마치 자신을 옥죄어오는 듯했다. 그는 긴장감에 손을 주무르며 남자에게 조심스럽게 되물었다.

"무엇을 보셨습니까?"

"실종 사건으로 사라진 소년들을요."

이 신부는 두 눈이 휘둥그레졌다. 그는 더 이상 사죄경을 집전하는 고해소 안의 신부가 아니었다. 어느새 이 신부는 그날의 진실을 간절히 알고 싶어 하는 나약한 소년이 되어 있었다.

"당신은 누구시죠?"

감정이 회오리치는 이 신부와 달리 장막 너머의 남자는 차분하며 이성적인 목소리로 그의 심장을 가르듯 말했다.

"그날의 일을 사죄하고 고해하고 싶은 사람입니다."

"…"

"저는 범죄 사실을 목격하고도 30년 동안 침묵한 죄인입니다."

장막 너머 비치는 남자의 실루엣을 보며 이 신부는 바르르 떨고 있었다.

악인들과의 인터뷰

용훈은 7사동 A관 세탁실로 들어섰다. 방금 사람이 습격당한 것치고는 꽤 깔끔한 편이었다. 한쪽 벽면에 점점이 박힌 비산 혈흔을 제외하고는 말이다. 교정감에게 제공받은 라꾸라꾸 침대를 적당한 곳에 펼쳐놓는 그때였다.

"누구시죠?"

교도관 두 사람이 들어섰다. 한 명은 용훈이 처음 교도소에 들어왔을 때 마당에서 마주친 교도관이었고, 질문을 던진 사람은 낯선 얼굴이었다.

"여기 새로운 방 주인이요."

"선배님, 그 주파수 실종 사건이요. 그거 담당 형사."

구면인 교도관이 대신 용훈을 소개해줬다. 선배 교도관은 후배의 말에 그제야 알 것 같다는 얼굴로 고개를 끄덕였다. 미묘하게 달라지는 표정에서 언뜻 귀찮음이 느껴졌지만 대수롭지 않게 넘긴 용훈이 벽면을 가리키며 말했다.

"아휴, 피가 그대로 있네. 으, 피는 질색인데…. 여기, 여기 더 문질러봐요. 기왕 청소하는 거 깨끗하게 해줘야지."

교도관들의 손에 걸레가 들려 있긴 했지만 용훈의 말에 선배 교도관의 한쪽 입꼬리가 어이없다는 듯 올라갔다.

"아직 청소 마무리가 안 되어서 지금은 여기 들어오실 수 없고요. 저희도 경위님이 여기 들어오실 수 있는지 확인 절차를 거쳐야 하니까 나가주실래요?"

"교정감 거쳐 소장까지 도장 받았는데 누구 확인을 받아요? 교도소장 위에 대빵이 더 있나?"

용훈은 허락이 떨어진 공문을 펼쳐 보였다. 그러자 교도관들은 별다른 반박 없이 청소를 시작했다. 어느새 들어온 다른 교도관들이 아직 미처 빼지 못한 세탁기를 들고 나갔다. 구면인 교도관이 함께 따라붙으려던 때 용훈이 그의 명찰을 보고 말했다.

"민정한 교도관? 그쪽은 당분간 이쪽이야. 나 좀 도와줘야겠어."

뜻밖의 요청에 민 교도관이 얼어붙었다.

멀끔하게 정돈된 세탁실에 간이 테이블까지 놓이자 완벽한 사무실로 환골탈태했다. 테이블 위 노트북과 마주 앉은 사람은 민 교도관이었다. 용훈이 일차적으로 정리한 재소자 전원에 대한 신상 정보를 바탕으로 엑셀 소팅 작업이 한창이었다. 1992년 당시에 만19세 이상 성인이었고 현재 50세 이상인 남성, 그중에서도 살인 및 사체유기 같은 강력 범죄의 동종 전과자, 특히 아동 청소년을 대상으로 범행을 저지른 재소자들을 추려야 했다.

용훈은 한글 파일에 표를 작성해 한 사람, 한 사람 일일이 적어 내려가는 단순 무식한 방법으로 기존 자료를 만들었다. 이는 굉장히 효율이 떨어지는 업무 방식이었다. 반면에 민 교도관은 컴퓨터활용능력 자격증까지 보유한 탁월한 인재로 엑셀도 기가 막히게 다뤘다. 그는 빠르고 정확하게 자료를 분류하며 순식간에 용훈이 맡긴 업무를 끝냈다.

"말씀대로 1992년도에 만19세 이상이고 현재 50세 이상, 살인 전과 있고, 특히 아동 청소년 대상 범죄를 저지른 동종 전과자 선별 마쳤습니다. 서른여섯 명 나왔네요. 전부 7사동 재소자입니다."

"그 사람들 전부 인터뷰 들어갑시다. 차질 없이 바로 준비해주세요."

"호락호락 안 될걸요? 뭐 여기가 아무리 무법천지 민간 교도소라도 재소자들 인권이란 것도 있고, 상대가 거부하는데 강제적으로 인터뷰가 막 진행되고 그럴 수 있는 시스템이 아니에요. 무엇보다 교도관인 저에게도 맡은 업무가 있는데 이런 일에 마냥 투입되는 건 시간 낭비에 에너지 낭비에 제 인권에도 상당히 문제가 되는 거니까 저는 이쯤에서 퇴장을….”

민 교도관의 갑작스러운 일격에 용훈이 당황하고 있을 때 불쑥 문이 열렸다. 기막힌 타이밍에 교정감이 들어선 것이다. 환상의 팀워크를 자랑하듯 교정감이 이어 말했다.

“틀린 말 하나 없네요.”

“거참, 노크는 하고 들어옵시다. 후진할 때도 깜빡이는 켜는데….”

“교도관 인력이 많이 부족해서 이 정도 도움드리는 선에서 좋게 좋게 마무리하시죠. 우리 딴에는 정말 최선을 다해 도와드렸습니다.”

“아, 그래요. 나도 좋게 좋게 퉁치려고 했는데 안 되겠다. 재소자 간 피습 사건에 자살 사건까지, 심지어 자살한 사람 이름으로 미제 사건 진범이 형사한테 편지까지 보내고… 재소자 관리가 너무 소홀한 거 아닙니까? 바람 잘 날 없는 이 교도소는 대체 왜 이 모양일까. 민간 교도소 이대로 놔둬도 될까. 헤드라인 각이 딱 나와. 어디 보자, MBS 이정현 기자 연락처가 있을 텐데….”

용훈은 핸드폰 주소록을 뒤적거렸다. 그 모습을 지켜보던 교정감과 민 교도관은 퍽 난감한 얼굴이 되었다. 아랑곳없이 통화는 시작되었다.

"어, 이 기자, 내가 지금 정락교도소에 와 있거든. 왜 지난번에 여기 취재 오고 싶다고 그랬잖아. 내가 여길 들어와서 직접 체험을 해보니까 말이야. 아우, 정말…."

용훈이 통화를 하고 있는 사이 민 교도관과 교정감이 긴박한 대화를 주고받았다. 그리고 빠르게 어떠한 결론을 내렸다. 마침내 민 교도관이 말했다.

"그냥 제가 도와드릴게요. 하아."

"예상외로 너무 좋아. 교도관들도 친절하고, 재소자들 사건 사고 일절 없고, 모범적인 교도소로 취재 한번 나와야겠다."

협박이라는 불순한 통화 목적은 어느새 칭찬으로 뒤바뀌어 버렸다.

용훈은 추려진 서른여섯 명의 재소자들과 전부 대면하기로 했다. 하나같이 강간, 상해치사, 살인, 사체유기, 아동학대 등 강력 범죄를 저지른 악인들이었다. 주파수 실종 사건 당시의 행적을 파악하는 것이 인터뷰의 주된 목적이었다. 또한 용훈은 재소자들에게 글씨를 쓰고 그림을 그려보도록 주문했다. 편지를 보낸 사람을 추리기 위한 테스트였다. 그리고 이 모든 작업들을 카메라로 촬영했다. 과학수사반의 후배 필수에게 녹화물을 넘겨 도움을 받기로 했다.

서른여섯 명의 명단에서 차츰 가위표가 늘었다. 팔백스물여섯 명에서 서른여섯 명으로 추려진 명단은 인주시에 연고가 있는 열한 명의 수감자들로 또다시 좁혀졌다. 결정적으로 죽은 이희수와 관련해 의심스러운 행적이 있는 인물들, 그리고 필수가 녹화물을 검토하고 넘겨준 의심 인물들을 추리니 최종적으로 남은 것은 네 명이었다.

"김중화, 노지혁, 강무소, 박충기. 음, 김중화, 김중화…."

벽면에 붙은 네 장의 인적 카드와 사진들을 보며 용훈은 이름을 되뇌었다. 이 가운데 2차 인터뷰 이후 특히 낯익은 자의 이름은 몇 번 더 되뇌어보기도 했다. 용훈은 3차 인터뷰에서 그들에 대해 좀 더 알아가기로 했다.

벽면에 붙은 순서대로 형사 수첩에 이름을 적고 차례대로 접견신청서를 작성했다. 수감번호 2843의 김중화가 바로 첫 번째 대상이었다. 그러나 접견신청서를 접수하고 얼마 지나지 않아 담당자는 김중화가 접견을 거부했다는 말을 전했다. 용훈은 덤덤히 형사 수첩을 꺼내 면담 리스트를 다시 살폈다. 그리고 차례로 적힌 이름들을 보다가 맨 처음에 있던 김중화의 이름을 펜으로 쓱쓱 그어버리고 가장 마지막에 새로 기입했다.

"튕겨봤자야. 어차피 약점 잡고 늘어지면 불게 되어 있어. 네가 안 하면 어쩔 거야."

그의 약점만 찾으면 될 일이었다. 이는 인터뷰 일정만 달리 배치하면 되는 간단한 문제였다.

"에이, 뭔 소리야. 그때 난 호적상 주소만 인주시이고 실제로 사는 덴 서울이었어. 그때가 미아리 청량리 쯤오 언니들 상대로 일수 찍고 돈 좀 만지던 땐데…."

훤칠한 키, 잘생긴 외모, 눈꼬리가 처져 오히려 순해 보이는 인상의 노지혁이 용훈과 마주 앉았다. 용훈이 무릎에 올려둔 인적 카드엔 쾌락 살인마, 사형수 같은 그의 특이 사항이 적혀 있었다. 그리고 그가 저지른 범행 일체까지 전부 꼼꼼히 정리되어 있었다. 이전까지는 개인 신상, 동종의 범죄 여부, 인주 시와의 연고 정도만 파악했지만 어느 정도 주요 인물을 추리고는 그들의 범행 일체가 담긴 기록을 프로파일링해 살피고 있었다.

노지혁은 밤 열한 시가 넘으면 대중교통이 완전히 끊겨버리는 인주시 방현마을의 특성상 새벽에 귀가하는 유흥업소 종사자들을 타깃으로 삼았다. 고급 승용차를 타고 접근했고, 차량에 십자가나 목발 같은 물건을 실어둬 피해자들을 안심시켰다.

빼어난 말솜씨든 수려한 외모든 뭐 하나 빠지는 게 없었던 그는 능수능란하게 사람을 다뤘다. 이는 피해자들을 확산시키기에 좋은 조건이었다. 타깃층은 점차 다양해져 유흥업 종사자부터 회사원, 여대생, 심지어는 중학생까지 있었다.

총 아홉 명의 부녀자 피해자는 전부 성폭행 후 살해되었다. 용훈은 그의 범행 기록에서 주파수 실종 사건과 결부될 만한 시그니처를 찾아봤다. 주로 여자를 상대로 한 성범죄라는 점에서 동일한 점은 찾을 수 없었지만, 같은 지역에서 자행된 연쇄살인 사건이라는 점이나 피해자가 일면식도 없다는 점에서 일단은 용의 선상에 두기로 했다.

"실실 쪼개지 마쇼. 재수 없으니까."

"거, 아무리 형사 나리라도 말은 가려서 합시다. 재소자를 인간 대 인간으로서 존중을 해야지."

"씨발. 지금 뭐라는 거냐. 사람을 아홉이나 죽인 인간 백정 새끼가. 뭐? 인간 대 인간? 좆 까."

"어차피 범인만 찾으면 될 거 아니야? 그럼 재소자를 존중해줘야 내 주둥이에서도 도움되는 말이 나갈 거 아니겠어? 딱 의심 가는 사람 아는데…."

그의 과거 범행 기록을 보고 있노라니 용훈은 그만 분노가 치밀었다. 사실 노지혁의 마지막 말은 그 역시도 인정하는 바였다. 의심 가는 사람이 있다는 그의 말에 구미가 당겼지만 주도권을 잡아야 한다고 생각하며 여전히 강성으로 맞서기로 했다. 용훈은 새끼손가락을 흔들며 말했다.

"꿈에 이거도 있던데… 이름이 이지수랬나?"

"…."

"니들 합방 면회 1년에 두 번이랬지? 민간 교도소 재소자 인권 참 좋네, 회포도 풀게 해주고. 난 회포는커녕 마누라한테 반품당해서 애 얼굴도 까먹어가는데…."

"하고 싶은 말이 뭐야?"

"주둥이 안 털면 합방 면회 3년 정지. 교도소장이랑은 이미 말 끝냈는데…."

지혁은 울분으로 소리를 질렀다. 용훈은 피식 새어 나오는 웃음을 참으며 물었다.

"말해. 의심 가는 인물, 누구야?"

"…."

"그래, 어차피 넌 도움 안 될 거라 생각했어. 다른 사람한 테 물어보면 되니까 넌 빠져. 네 깔이랑은 사요나라 하시고. 가라."

용훈이 자리에서 일어나 돌아서는 그때였다. 노지혁의 입에서 불쑥 이름 하나가 튀어나왔다.

"강무소 형님."

"강무소? 서울 중서부에서 부유층 상대로 열아홉 명 살해했다는 그 살인마?"

지혁은 고개를 주억거렸다. 용훈은 다시 그와 마주 앉으며 물었다.

"근데 왜 형님이야? 강무소는 쉰하나. 그쪽은 쉰셋. 강무소가 두 살 어리잖아?"

"나보다 스킬이 월등하면 무조건 형님으로 모시는 거니까."

그들만의 암묵적인 규율에 용훈은 어이없어 실소가 터져 나왔다.

"분명 자기 입으로 말하는 걸 들었어. 내가 능리산 그 애들 죽였다, 이렇게."

"너 그 말 확실한 거야?"

"진짜야. 정 의심 가면 다른 사람들한테 물어봐. 떠벌리고 다녀서 많이들 알아."

"그래그래. 알았으니까 이제 들어가봐. 교도관, 데리고 가도 돼요."

괜찮은 단서를 얻은 것은 사실이지만 용훈은 대수롭지 않다는 듯 행동했다. 지혁에게 좋아하는 티를 내서는 안 될 일이라고 판단한 것이다. 머지않아 문 앞에 대기 중이던 민 교도관이 들어왔다. 노지혁은 교도관에게 끌려 나가면서도 합방 면회에 대한 약속을 받아냈다.

두 번째 인터뷰이는 박충기였다. 노지혁이 앉았던 자리에 그가 바통을 받듯 앉았다. 왜소한 체격에 비해 살벌한 인상이 흥미를 줬다.

"나 딸아이 키우는 사람이에요. 우리 아이가 그 사건 피해자들 나이랑 꼭 같아. 과거에 잠시 연고 있던 지역에서 벌어진 일인 데다 우리 딸아이 또래인 걸 생각하면 그 애들 뉴스 볼 때마다 가슴이 무너진다니까. 그런 날 의심한다면 정말 억울하지."

열심히 항변하는 박충기의 인적 카드에는 증오 범죄, 연쇄 살인, 무기수 같은 사항이 적혀 있었다. 용훈은 그의 범행 기록을 자세하게 살펴봤다. 그제야 오래전 일이라 잊고 살았던 과거의 그를 떠올릴 수 있었다.

용훈은 점점 끓어오르는 분노에 위아래 입술을 깨물었다. 숨이 가빠지며 부들부들 떨기까지 했다. 급기야 그를 어쩌지 못하는 것에 괴성을 지르며 주먹으로 테이블을 내려쳤다. 문을 열고 다급히 들어선 민 교도관이 용훈을 붙잡았다.

"저 양반 미친 겁니까? 갑자기 왜 저럽니까?"

"너, 나 기억 안 나냐?"

박충기는 용훈을 뚫어져라 바라봤다. 어디서 본 것도 같은 느낌에 고개를 갸웃거리던 그때였다. 민 교도관의 만류에도 당장 달려 나갈 자세를 잡은 용훈이 말했다.

"제대로 기억나게 해줄게. 자, 간다. 이 개새끼야."

용훈이 한달음에 몸을 날려 충기의 가슴팍에 발을 내다꽂았다. 정확하게 발이 꽂힌 충기는 쭈욱 미끄러지며 벽면으로 가 부딪혔다. 과거 충기는 이 모습처럼 발길질을 당한 적이 있었다. 그제야 그는 용훈을 알 것 같았다.

현장검증이 있던 11년 전, 거대한 구덩이에 여섯 구의 마네킹들이 담겨 있었다. 포승줄에 묶인 상태로 충기는 다른 마네킹을 구덩이 안에 툭 밀었다. 매독에 걸린 이유로 재혼하려던 여자에게 파혼을 당해 그녀가 살던 마을을 온통 쑥대밭으로 만든 장본인이었다. 정작 죽이고 싶던 그 여자는 못 찾고 엉뚱하게 아무 관련도 없는 엄한 마을 사람들만 죽여나갔다.

현장검증 장소를 가득 메운 경찰, 취재진, 구경꾼들의 소란한 사이에 용훈이 있었다. 이제까지의 현장검증은 그런대로 참을 수 있었다. 하지만 아동 마네킹을 들고 있는 충기를 보자 용훈의 손에 주먹이 쥐어졌다. 잠시 후 충기가 마네킹을 구덩이에 툭 던졌다. 그 모습에 수많은 플래시가 터지던 그때였다. 자동 발사 공기총처럼 어느새 튀어 나간 용훈이 누군가 말릴 새도 없이 충기를 발로 차버렸다. 바닥에 나동그라진 충기는 무자비한 발길질을 피하느라 웅크렸다.

충기에게는 전처와의 사이에서 낳은 딸이 있었다. 이혼한 전 부인은 자식에게 행실이 좋지 못한 친부를 꽁꽁 숨기고자 했다. 박충기는 딸을 전혀 만날 수 없었다. 그렇기에 자식에 대한 그리움과 애틋함이 그에게 남아 있었다. 그렇다고 그가 마냥 인간적이고 부성애 강한 아버지였던 것은 아니다. 전처 소생의 소중한 자기 딸을 만나지 못하는 것이나 재혼하려던 여자로부터 파혼당한 것에 대한 화풀이로 마을에 살던 또래 아이를 죽여놓은 자다.

그러면서 주파수 실종 사건의 가해자로 몰리자 자기 딸 또래 소년들이 죽은 게 마음이 아프다고 하는 꼴을 보니 용훈의 입장에서는 역겨움의 극치였다. 더욱 피가 거꾸로 솟았다. 당시 박충기는 아무 죄 없는 어린아이까지 포함해 무구한 마을 사람들을 하루 동안 일곱 명이나 처참히 죽여놓았다. 그 악독한 행실은 용훈을 비롯한 사람들의 분노를 유발하기에 충분했다.

"지 자식 귀한 건 아는 새끼가 왜! 이 씨발 좆같은 새끼가!"

"캄 다운, 캄 다운. 진정하시고요."

민 교도관에게 붙잡힌 채 용훈은 억지로 분노를 억누르고 있었다. 그러자 금세 자리를 털고 일어난 충기가 입가에 맺힌 피를 훔치며 말했다.

"옛날 현장검증 때는 내가 막무가내로 맞고 참았는데 이젠 그럴 필요가 없지. 세상은 변했어. 범죄자 인권의 시대."

그 말에 용훈은 더욱 씩씩거렸다. 기가 찬 민 교도관은 용훈을 붙잡고 있던 손을 슬그머니 뗐다. 그러자 용훈은 당겨진 시

위에서 날아가는 화살처럼 튕겨 나갔다. 결국 박충기는 바닥에 찌그러져 용훈의 주먹질을 고스란히 맞아야 했다. 그때 용훈의 주먹을 양손으로 막으며 박충기가 다급하게 말했다.

"나도 들었어. 강무소가 말하는 거."

더는 맞기 싫어 둘러대는 답이 아닐까. 혹은 이미 노지혁과 말을 맞춘 것일 수도 있었다. 용훈은 주먹질하던 손을 허공에 멈춘 채 박충기에게 물었다.

"그래서? 진범이 정말 강무소 같아?"

"원체 뻐꾸기를 잘 날리긴 해도 은연중에 진실을 말할 수도 있잖아?"

용훈은 생각했다. 그리고 허공에 멈춘 손을 어찌해야 할까 싶어 손과 충기를 번갈아 봤다. 그리고 마침내 충기의 얼굴에 주먹 한 방이 정확히 꽂혔다. 동시에 단말마 같은 비명소리가 울렸다.

"미안. 나도 은연중에 주먹이 나갔네."

결국 박충기는 기절했다.

종교실에서는 수계식 법회가 한창이었다. 오색의 연등들이 천장에 매달려 있고 단상 위에 불상이 있었다. 그 앞에 앉은 스님이 설법 중이고 양옆으로 보좌 스님들이 앉아 있었다.

"초열지옥은 우리 중생들의 마음에 있습니다. 어디서든지 마음이 편하지 않으면 그곳이 감옥이오, 몸이 감옥에 있다고 해도 마음이 편안하면 그곳은 곧 자유입니다."

설법을 들으며 김중화는 염주를 돌리고 조용히 염불을 외웠다. 그는 70대의 나이에도 다부진 근육과 짱짱한 몸매를 가지고 있었다. 그의 대각선 뒤에 앉은 강무소는 휴식이 목적인 듯 지그시 눈을 감고 자고 있었다. 170cm 정도의 다소 작은 키, 강한 인상의 강무소는 한눈에 봐도 미남자에 눈에는 카리스마가 넘쳐흘렀다.

"저 담이 나를 가두기 위한 담이라고 생각하지 말고, 나를 지키기 위한 담이라고 생각하면 우리 보살님들 마음이 한결 자유로워질 겁니다."

그때 화재 경보음이 울렸다. 스님은 곧장 설법을 중단했고 재소자들은 술렁거렸다. 복도엔 화재를 진압하러 나온 교도관들이 한 방향으로 빠르게 뛰어가고 있었다. 창으로 모여든 재소자들은 밖을 내다보느라 정신이 없었다. 그러나 김중화는 염불 외우는 것에만 집중할 뿐 미동조차 하지 않았다. 강무소는 재소자들과 함께 창에 매달려 밖을 내다보고 있었다. 그리고 고개를 돌리다가 김중화를 발견했다.

시선이 느껴졌는지 김중화 역시 고개를 돌려 강무소를 바라봤다. 잠시 서로를 보는 눈빛에는 분노가 서려 있었다. 김중화가 먼저 굽히며 고개를 돌렸다. 그러나 강무소는 그런 김중화를 여전히 살벌한 시선으로 노려보고 있었다.

"살인도 급이 있다고. 여자라고 죽이고, 어린애라고 죽이고, 노인네라고 죽이고, 만만한 사람만 골라 죽이는 건 누구나 다 해. 그래놓고 자기 힘을 과시해? 존나 비겁하고 저열한 거지. 살인도 규칙이 있어. 나는 힘자랑하는 새끼들만 작살내. 그러니까 그런 씨발 것들이랑 나를 동급으로 묶지 말라고. 존나게 자존심 상하니까. 알아들어?"

용훈은 팔짱을 낀 채 느긋이 기대앉아 방금 전 강무소가 내뱉은 말들을 곱씹으며 그를 바라보고 있었다. 그러더니 갑자기 박수를 쳤다. 마치 한 편의 연극을 보고 감화를 받은 사람처럼 말이다.

"이야, 기가 막히네. 퍼펙트. 연기 점수 100점 만점에 78점 준다. 아주 잘했어."

"뭐래?"

"너희는 하나같이 짰냐? 왜 인터뷰만 하면 하나같이 열변을 토하냐. 그리고 방금 그 말들은 너무 역겨웠다. 약한 노인이랑 여자만 골라서 쏙쏙 죽인 사형수 새끼 주제에…."

강무소는 수도검침원으로 분장해 서울 중서부 부촌 대저택에 침투했다. 주로 은퇴한 노인들만 시간을 보내는 낮에 범행을 일으켰다. 그 집엔 60대 가정부, 70대 노부부, 그리고 하반

신 장애를 가진 30대 아들이 있었다. 식사 준비를 하던 가정부가 먼저 희생되었고 다음엔 노부부, 마지막엔 방 안에서 두려움에 바들바들 떨고 있던 아들이 희생되었다.

"네가 거지같이 산다고 부유층이 너한테 죽을죄를 지은 건 아니잖아. 그래놓고 앞에서 힘자랑한 새끼들만 죽였다고 포장질, 구라질. 이런 식으로 도합 열아홉 명을 살해했어. 그것도 가장 나약한 사람들만 골라서! 네가 스스로 무시무시한 놈이라고 착각하나본데, 넌 연극성 인격장애에 그냥 별 볼일 없는 천하의 쓰레기 새끼야."

용훈의 폭격에 강무소는 분노해 수갑 찬 손을 세차게 테이블에 쳐댔다. 그런 모습을 보고 있으니 용훈은 피식 웃음이 나왔다.

"나를 존나 치고 싶은 거 같다? 좆밥 새끼 주제에…."

"이 씨발 새끼가, 너 정말 죽고 싶냐."

잔뜩 흥분한 강무소가 수갑을 분지를 기세로 손을 테이블에 마구 내려쳤다. 하지만 그럴수록 제 손에 상처만 낼 뿐이었다. 용훈은 다짜고짜 강무소에게 박치기를 했다. 그의 코에서 철철 피가 흘렀다. 강무소는 코를 쥔 채 그대로 나동그라졌다. 곧장 창을 향해 돌아가겠다고 소리치는 강무소를 보며 용훈은 대답했다.

"교도관 마실 보냈다. 재소자 인권유린 좀 실컷 해보려고."

"아이 씨."

용훈은 나동그라진 강무소의 곁에 쭈그려 앉아서는 그의 머리를 툭툭 치며 물었다.

"주파수 실종 사건 네가 했다고 자랑했다며? 소문이 아주 파다해. 진짜 너야?"

"당연히 구라지. 알잖아. 나 연극성인가 뭔가 그거라며?"

"솔직히 난 진실이 뭐든 상관없고 실적 때문에 이 짓 하는 거거든. 그냥 네가 독박 써라. 어차피 네 입으로 나불나불하고 잘 다녔잖아. 증인들도 많겠다, 네가 딱이야."

"대한민국 경찰 우습네."

"아 거, 대한민국 좆밥이 말 많네. 너희는 그딴 게 커리어라 며? 살인 이력 한 줄 더 넣는 게 정 소원이라는데 들어준다고. 서울 중서부 부촌 연쇄살인범, 주파수 실종 사건의 범인이다. 헤드라인 아주 죽여주잖아. 대한민국에서 가장 유명한 미제 사건이니까 커리어에도 아주 좋을 거 아니냐. 넌 관종 새끼라 만족하지?"

"…"

"결정적으로 네가 그 편지의 필적이랑 그림체가 가장 유사 했어."

"내가 아니라니까. 유력한 새끼를 알아."

"그냥 너로 정했어. 난 주파수 실종 사건 범인 강무소라고 올릴 거야."

용훈은 귀를 후비적거리며 관심 없는 척 딴청을 피웠다. 그러고는 벽면에 부착된 네 개의 인적 카드를 하나둘 떼어내기 시작했다. 그를 범인으로 확정하는 것처럼 보이기에 이만한 것도 없었다. 그러자 다급해진 강무소가 말했다.

"사실, 그 편지를 보낸 건…."

"…."

"내가 맞아."

용훈은 마른침을 꼴깍 삼켰다. 편지를 보낸 이를 알아냈다는 것 자체만으로 아주 큰 수확이었다. 뜻밖의 진실에 흥분했지만 그 감정을 들키고 싶지 않았다. 용훈은 최대한 감정을 누른 채 무심한 얼굴로 강무소를 돌아봤다.

"지금 네가 범인이라고 자백한 거냐?"

"아니, 범인으로 의심 가는 새끼를 밀고하려고 내가 편지 보낸 거야."

"걔가 누구야?"

"땡중."

"땡중? 그게 누군데?"

강무소는 벽면을 가리켰다. 그곳에는 미처 떼어내지 못한 인적 카드가 붙어 있었다. 강무소는 그 카드를 똑바로 보며 말했다.

"언제부터인가 저 노인네가 그 산 동굴에 들어가 살았어. 그날도 말이야. 내가 애인이랑 재미 좀 보려고 그 동굴에 들어갔는데 저 자식이 자기 집인 것처럼 덤비는 바람에 그냥 나왔거든. 그리고 얼마 뒤 애들이 산에 올라가서는 사라진 거야. 그 뒤에 경찰 오고 난리 나니까 저 새끼도 감쪽같이 사라졌어. 어쩐지 느낌이 싸하더라고."

용훈은 그가 가리키는 벽면으로 다가갔다. 늙었지만 옹골지고 다부진 노익장의 체격, 인자하면서 어쩐지 차가운 인상을 가진 한 사람의 사진이 그곳에 붙어 있었다. 사진 속의 그는 용훈도 기시감을 느꼈던 김중화였다.

악의 고해소

이 신부는 숨죽이고 남자의 고해를 들었다. 남자는 그날 장승
같이 시커먼 사내를 피해 아이들이 도망쳤다고 말했다. 그리
고 그가 본 건 달아나는 아이 둘, 나무 뒤에 숨어 이를 몰래 지
켜보던 아이 하나, 이렇게 세 명의 아이들을 봤다고 말했다.
필시 전자는 정수와 경윤을 말할 테고 후자는 이 신부를 말함
이리라. 남자는 아이들이 두려움에 떨고 있을 때 선뜻 나서지
못한 그때의 선택을 후회한다고 고해했다. 당시 마찬가지로
어린 소년이었을 남자가 용기를 내기는 결코 쉽지 않았을 것
이다.

"너무 괴물 같아서 차마 다가갈 수 없었어요."

아이들을 뒤쫓던 사내는 머리부터 발끝까지 검은색 판초 우의를 입었다고 했다. 비 오는 밤 깊은 산의 어둠 속에서 뛰어가는 형상은 얼핏 괴물처럼 보였다고 했다.

"어쩌다 그 광경을 목격하셨습니까?"

"그 근처 산중에 아버지의 밤꿀 양봉장이 있었어요. 아버지 몰래 꿀을 얻기 위해 산에 올랐다가 갑작스러운 폭우에 동굴에서 비를 피했습니다. 그때가 해 질 무렵이었어요. 그러다가 깜빡 잠이 들었는데 깊은 밤이 되어서야 깨어났습니다. 무언가 소란한 소리가 들렸거든요. 조심스럽게 나가보니 그 사내와 아이들이 있었습니다."

이 신부는 목격 당시의 상황을 더욱 낱낱이 알고 싶었다. 그 당시 나무 뒤에 숨어 있던 자신은 충격적 현실 앞에 끝내 의식을 잃었기에 그 이후가 무척 궁금했다. 그날의 사건이라는 퍼즐에 잃어버린 기억의 조각을 남자가 맞춰주기를 이 신부는 내심 기대하고 있었다.

친구들은 모두 실종되고 자신만 홀로 살아남은 현실 앞에 그는 늘 괴로워했다. 최근 아이들의 유골이 발굴되면서 더욱 심한 죄책감에 시달렸다. 게다가 유골은 발굴되었지만 사건의 진실은 여전히 파묻힌 그대로였다. 그렇기에 이 남자를 통해 그날의 구체적 상황을 간절히 알고 싶었다.

"그 후 아이들은 어떻게 되었습니까?"

당시 의식을 놓은 이후 상황이 궁금한 것도 있지만 의식을 잃기 전 기억이 확실한지도 확인하고 싶었다. 그리고 남자와 이 신부의 기억이 일치한다면, 이는 남자의 말이 진실이라는 것을 증명하기도 했다.

"둘은 아래로 빠르게 뛰어가서 시야에서 놓쳤습니다. 사내는 큰 덩치에도 무서운 속도로 아이들을 쫓아갔습니다. 그때 나무 뒤에 숨어 있던 소년이 바들바들 떨더니 입에 거품을 물고 쓰러졌습니다. 아이들을 쫓던 사내가 부스럭 소리에 인기척을 느끼고 달리던 걸음을 우뚝 멈춰 섰어요. 그리고 점차 쓰러진 아이에게로 다가섰습니다."

남자의 말은 이 신부의 마지막 기억과 정확히 일치했다. 이는 곧 그가 거짓말을 하지 않는다는 것을 의미했다. 당시 이 신부가 다시 의식을 되찾았을 땐 어스름한 빛이 도는 이른 새벽이었다. 비가 그쳤을 뿐 그 공간은 아무것도 달라지지 않았다. 그저 스산한 기운만이 이전과는 다른 느낌으로 뿜어져 나와 어린 몸을 잔뜩 움츠러들게 했을 뿐이다. 이 신부는 괴물같은 사내가 자신의 존재를 알고도 손대지 않고 놔둔 것이 너무도 의아했다.

"그 사내는 쓰러진 소년에게 다가가 어찌했습니까?"

"그 소년은 해치지 않았습니다."

남자는 단언했다. 사내가 무슨 생각으로 그리했는지는 모

르나, 그는 다른 두 소년을 쫓는 일이 더 급하다는 듯 빠르게
산을 타고 내려갔다고 했다. 그 후에 자신은 다른 길로 달음박
질쳐서 집으로 돌아갔다고 했다. 쓰러진 소년이 눈에 밟혔으
나 괜히 털어놓았다가는 불미스러운 일에 엮일 것 같아 두려
웠다고 그는 조심스레 말했다. 그래서 아무에게도 그 사실을
말할 수 없었다고 했다.

이 신부는 정신없는 와중에도 고해성사를 집전했다. 남자
에게 해준 말들을 정확히 기억하는 것은 아니었지만 한 가지
분명한 건 보속이었다. 그저 신앙심으로 털어내기엔 중차대
한 과실이 있다고, 경찰서에 가서 이 사실을 그대로 털어놓는
다면 그 후에 진정한 사죄경을 드릴 수 있겠다고 말했다. 그러
니까 다음번 고해성사 때 사죄경을 집전해줄 것을 약속하는
일이었다.

그러자 남자는 30년 만에 꺼낸 말이라고, 이 말을 고해하기
위해 오랜 시간 힘들었다고, 어렵게 용기를 내어 찾아왔는데
아무것도 해주지 않으면 원망하게 될 것 같다고 말했다. 신부
님을 찾아오기까지 힘들었던 마음을 헤아려달라고 사정했다.
그러다 문득 이 신부는 의아한 생각이 들었다.

'많고 많은 사제들 중에 단 한 사람을 선택해 찾아왔다면
그는 나를 이미 알고 있었던 것일까?'

그러한 생각이 들자 주저할 수 없었다.

"저, 궁금한 게 있습니다."

"…."

"왜 하필 저를 찾아온 겁니까?"

"…."

장막을 사이에 두고 이어지던 대화가 일순간 정지되었다. 남자가 어느 틈엔가 사라진 것이다. 그와 동시에 미사를 집전하는 최 신부의 목소리가 이 신부의 귓가에 들렸다. 남자의 얘기에 온통 몰입한 나머지 들리지 않던 성당 내부의 소리가 그제야 인식된 것이다.

사제관으로 돌아와서도 이 신부는 남자가 꺼내놓았던 그날의 서늘한 진실을 끊임없이 곱씹었다. 주저하는 떨림 속에서도 침착하게 내뱉던 말들에는 진정성이 느껴졌다. 이 신부는 무슨 정신으로 고해성사에 임했는지 모를 정도였다. 그의 말이 너무 충격적이어서 자신이 한 말은 온통 까맣게 잊어버렸다. 하지만 그가 내뱉은 말들은 단어 하나, 음절 하나 생생히 남아 이 신부에게 모두 각인되었다. 나직한 음성이 온 신경을 자극해 마치 총알이 되어 일일이 뼈에 박히는 것 같았다.

'너무 괴물 같아서… 너무 괴물 같아서….'

남자의 말이 계속 이 신부의 머릿속을 맴돌았다. 가장 기억에 남은 그 말을 이 신부는 반복해서 읊조렸다. 그러다가 어떤 깨달음에 불쑥 자리에서 일어났다. 에코가 깔린 듯 나직하게 울리는 깊은 음성이 이 신부가 듣기에 어쩐지 낯설지가 않았던 것이다. 자신과 비슷한 연령대로 보이는 선이 굵고 울림이 있는 나직한 음성은 듣기 좋으면서도 특이했다.

"내가 이 목소리를 분명 듣긴 했는데, 어디서 들었지?"

잠을 청하기 위해 침대에 누워서도 이 신부는 남자의 음성을 가늠하고 있었다. 분명 어디서 들어본 그 음성의 주인공을 알아내고 싶었던 것이다. 과거 고해성사로 만났던 수많은 사람들 중 하나일 수도 있었다. 신학대학에서 한번쯤 말을 해본 동기, 인생을 통틀어 크고 작은 일들로 사사로이 스쳐간 사람들을 하나둘 떠올려 그 음성을 대입해봤지만 딱히 일치하는 사람은 없었다.

"신부님, 괜찮으신 거죠?"

밤을 새우고 아침을 맞은 이 신부에게 식복사가 물었다. 앞서 이 신부가 아침 식사를 준비하는 그녀에게 식사를 생략하겠다고 말한 것이 화근이었다.

"괜찮습니다. 그냥 입맛이 없어서 그렇습니다."

"신부님, 얼굴이⋯."

그녀에게서 차마 다음 말이 나오지 않자 이 신부는 냉큼 거울로 가 얼굴을 들여다봤다. 이른 아침이라 초췌한 것도 있지만 하룻밤 사이에 부쩍 해쓱해져 있었다. 빤히 바라보는 식복사의 시선에 무안해진 이 신부는 얼굴을 쓸어내렸다.

"어디 아픈 건 아니시죠?"

"전혀요. 수녀님 벌써 나오셨나봐요. 다녀올게요."

마당에서는 비질 소리가 한창이었다. 아녜스 수녀가 마당을 청소하고 있었다. 문동성당에 있는 두 명의 수녀들 중 비교적 젊은 수녀가 아침마다 마당을 청소했다. 어느새 나온 이 신부가 간단하게 인사를 한 뒤 으레 청소를 거들었다.

이 신부의 담당은 주로 쓰레기를 분류하는 것이었다. 쓰레기장 부근엔 웬일인지 평소보다 많은 쓰레기가 널려 있었다. 그것을 의아하게 보고 있을 때 아녜스 수녀가 다가왔다. 쓰레받기에 모인 것들을 종량제 봉투에 옮겨 담으면서 그녀가 말했다.

"많이 더럽죠? 요즘 치워도 치워도 끝이 없어요."

"그러게요. 이 정도까진 아니었는데…."

"며칠 전에 고양이 한 마리가 숨어들었는데 쓰레기봉투를 온통 헤집어놔요."

이 신부도 최근 고양이를 봤다. 병마와 싸우느라 새벽녘에 잠을 설칠 때 날카롭게 갸르릉거리는 고양이 소리를 듣기도 했다.

"혹시 그 고양이를 보시면 좀 잡아둬주시겠어요? 황토색 고양이인데…."

이 신부가 본 고양이도 황토색 몸에 흰색 줄무늬가 있었다. 동일한 녀석이 맞는 모양이었다. 이 신부는 어째서 고양이를 잡아들이시냐고 되묻듯이 아녜스 수녀를 빤히 바라봤다.

"라파엘 형제님이 농장에서 키우던 고양이가 사라졌대요. 사진 보니까 성당에서 본 그 애 같아서, 잃어버린 시점도 딱 맞고요."

"길고양이인 줄 알았더니 사과 농장 고양이였군요. 찾으면 잘 붙잡아두겠습니다."

흩어진 쓰레기들을 집게로 집으며 이 신부가 대답했다. 그러나 그 이후부터 쉬이 볼 거라 여겼던 고양이는 더 이상 나타나지 않았다. 자주 나타나 문제를 일으키던 녀석이 막상 찾기 시작하니까 자취를 감춰버린 것이다. 새벽녘 흔히 들리던 울음소리마저도 감쪽같이 사라졌다. 어느덧 보름이 지나고 있었다. 함께 마당 청소를 하던 아녜스 수녀가 물었다.

"이쯤 하면 누가 데려간 거겠죠?"

"아무래도 그런 거 같네요."

"라파엘 형제님이 꽤 아끼던 고양이라는데…."

아녜스 수녀가 상심한 듯 말했다. 이 신부는 분위기를 바꾸기 위해 수녀님이 도와주시는 덕분에 마당 청소가 한결 수월해졌다고 괜한 너스레를 떨었다. 아녜스 수녀의 얼굴에 있던 아쉬움의 낯빛이 사라지며 가벼이 미소가 띠어졌다. 이 신부도 함께 옅은 미소를 지었다.

그러나 이 신부에게는 고양이뿐만 아니라 사라진 것이 또 하나 있었다. 주파수 실종 사건의 목격 사실을 경찰에 털어놓고 다시 찾아오라고 당부했던 남자도 이제 찾아오지 않았다. 경찰을 만나서 진술한 뒤에 다시 오면 사죄경을 해주겠다고 약속했는데 그가 사라져버린 것이다.

"그간 고해성사 없이 성체를 모셔왔습니다. 미사를 빠진 후 고해성사 없이 성체를 모시는 것이 죄인 줄 몰랐습니다. 정말 죄송합니다."

그가 찾아오지 않은 지 어느덧 한 달째에 접어들고 있었다. 평소처럼 이 신부는 미사를 30여 분 앞두고 고해소에 들어와 있었다. 교회법에 따르면 비록 모령성체의 중죄를 지은 것이지만 몰라서 저지른 실수라면 죄의 무게가 달라질 것이라고, 이제 알았으니 같은 실수를 반복하지 않는 것이 중요하다며 해당 신자에게 보속으로 주모경 3회를 줬다.

"너희 가운데 어떤 사람이 양 백 마리를 가지고 있었는데 그 가운데에서 한 마리를 잃으면, 아흔아홉 마리를 광야에 놓아둔 채 잃은 양을 찾을 때까지 뒤쫓아 가지 않느냐? 그러다가 양을 찾으면 기뻐하며 어깨에 메고 집으로 가서 친구들과 이웃들을 불러, '나와 함께 기뻐해주십시오. 잃었던 내 양을 찾았습니다' 하고 말한다. 내가 너희에게 말한다. 이와 같이 하늘에서는, 회개할 필요가 없는 의인 아흔아홉보다 회개하는 죄인 한 사람 때문에 더 기뻐할 것이다.”

오늘 미사는 루카의 복음을 나누는 일이었다. 이 신부는 종전에 낭독한 복음과 관련해 강론을 진행했다. 큰 죄를 저지른 이도 하느님은 소중히 여긴다는 내용이 담긴 말씀이었다. 루카의 복음은 아이러니하게도 죄가 많은 곳에 오히려 하느님의 은총도 충만하다는 것을 말한다고 이 신부는 설명했다.

오전 미사까지 마친 이 신부는 사제관으로 돌아가는 마당에서 소녀와 마주쳤다. 소녀는 잽싸게 등 뒤로 무언가를 감췄다. 소녀는 언제나 비밀이 많은 듯이 행동했다. 그 모습은 이 신부의 호기심을 자극하기에 충분했다. 고해소에 들어오기까지 몇 달을 망설이고 막상 처음으로 들어와서는 진실한 고해라는 문턱을 넘어서지 못한 채 포기하고 돌아선 아이였다.

이 신부는 고해성사를 보러 오라고 알은체하고 싶었으나 신성한 고해에 사제의 비밀 유지 의무를 생각하면 그리 말할 수 없는 일이었다. 또한 알은체하면 소녀가 고해하려는 일을 더욱더 감출 가능성이 클 것 같았다. 결국 본래 하려던 말을 감춘 채 소녀에게 조심히 말을 건넸다.

“젬마 왔네? 일요일 미사에 왔구나?”

“저는 청소년 미사와는 맞지 않는 거 같아서요.”

"그래도 학교에서 만나는 친구들이 있어 편할 텐데…."

"저 실은 학교 쉬고 있어요. 서울 살다가 요양 때문에 여기 할머니 시골집에 온 거고요."

뜻밖의 사실에 이 신부는 놀랐다. 그저 여느 청소년들처럼 평범하게 학교에 다닐 거라고 생각했다. 그런 상황이면 여기 아이들과 엮이는 것이 오히려 불편할지도 모른다. 학교를 쉬는 이유가 지난날 고해하려다 돌아선 이야기와 관련 있지 않을까 이 신부는 생각했다. 그렇게 짐작만 할 뿐 먼저 물어볼 수는 없는 일이었다. 갑자기 알게 된 소녀의 사정에 이 신부가 주저하고 있을 때 소녀가 말했다.

"먼저 가보겠습니다, 신부님."

소녀가 꾸벅 인사를 하고 돌아섰다. 이 신부는 소녀가 돌아서는 순간 등 뒤에 감추고 있던 것을 발견할 수 있었다. 그것은 황토색 고양이었다. 지난날 아녜스 수녀가 찾아달라고 요청했지만 일순간 자취를 감춰 의아함을 남겼던 바로 그 고양이 말이다.

이 신부는 소녀를 불러 세워 고양이의 본래 주인에 대해 말하고 싶었다. 하지만 자신이 있는 쪽을 흘깃거리며 눈치를 보고 도망치듯 빠르게 걸어가는 모습에 차마 그럴 수 없었다. 모처럼 생긴 동물 친구를 빼앗기기 싫은 소녀의 절박한 외로움이 보였다. 결국 이 신부는 애처로운 그 모습에 어쩌지 못하고 돌아서는 수밖에 없었다.

저녁엔 초대 신부가 대신 미사를 보기로 예정되어 있었다. 때론 외부 요청에 의해 초대 신부의 미사가 이뤄졌다. 덕분에 이 신부는 편한 마음으로 고해소에 입성했다.

"부정을 저질렀습니다. 가족에게 헌신하고 나밖에 모르는 아내에게 죽을죄를 지었습니다. 그밖에 알아내지 못한 죄 또한 반성합니다."

저수지에서 백숙집을 운영하는 빈첸시오 형제의 고해였다. 성당 사목회 단체장인 그와 자주 대면했기에 이 신부는 그의 목소리를 단번에 알아챌 수 있었다. 이러한 큰 비밀을 털어놓을 때는 보통 다른 성당을 이용할 법도 한데, 자신에게 찾아와 사죄경을 받으려 하는 그가 이 신부는 의아했다.

적당한 사죄경과 보속을 주고 빈첸시오 형제와 일별했다. 그리고 이어서 그의 아내이자 독서단 회장인 루치아 자매가 들어왔다. 성가정을 이룬 두 사람은 신실한 활동을 이어갔다. 아마 두 사람은 고해소 앞에 차례로 선 채 순서를 기다리고 있던 모양이었다.

"남편이 바람을 피운 사실을 알았습니다. 그래서 저도 홧김에…"

루치아 자매는 차마 그 이후의 말을 하지 못했다. 오히려 다음 말은 이 신부가 듣고 싶지 않았다. 문맥상 자신도 맞바람을 피웠다는 얘기가 나올 것 같았다. 그리하여 급히 사죄경을 하려 할 때였다. 그녀가 뜻밖의 비밀을 털어놓았다.

"남편의 애인이던 그 남자랑 바람을 피웠습니다."

한 편의 막장 드라마를 보는 기분이었다. 이 신부는 놀란 음성을 최대한 감춘 채 무덤덤하게 말하면서 아내에게 남편과 동일한 보속을 줬다. 그 후에도 수차례 고해가 이어졌다. 신자들의 크고 작은 죄에 고해성사를 집전하면서도 이 신부는 지난날 자신을 찾아와 미제 사건의 목격담을 털어놓던 그 남자를 떠올렸다. 다음번 고해성사에 사죄경을 주겠다고 약속했는데 그로부터 한 달이 지나도 그는 오지 않았다. 여름 한낮의 신기루처럼 아스라이 사라진 것이다.

30년 전 미제 사건의 목격자인 그가 고해소 안에서만 비밀을 털어놓게 해서는 안 되었다. 이 신부 또한 그 사건에 직접 얽혀 있기에 더욱 그랬다. 다음에 그가 고해소에 찾아온다면 그때는 녹음을 해두겠다고 이 신부는 다짐했다. 충격적 진실을 고해한 그가 마치 애초부터 존재하지 않은 것처럼 감쪽같이 사라졌다. 그러한 지금의 현실이 이 신부에게는 후회로 남았다. 그래서 앞으로는 분명히 해두고 싶은 마음에 녹음을 하기로 다짐한 것이다.

간밤의 꿈에서도 이 신부는 남자를 마주했다. 꿈에서조차 그는 이 신부가 알면서도 모르는 기묘한 존재였다. 얼굴은 불분명하지만 이 신부는 그를 일면식이 있는 존재로 인식했다. 그러한 꿈을 꾸고 나니 이전에 그를 만나 고해를 들은 일까지 자꾸만 한 편의 꿈만 같아졌다.

세속적이거나 시시콜콜한 고해는 몇 차례 더 이어졌다. 얼마나 지났을까. 한동안 신자실이 비어 있는 것으로 봐서는 오늘의 고해를 끝낼 시간이 도래한 것 같았다. 이 신부가 시계를 보니 역시나 저녁 일곱 시에 가까운 시간이었다. 곧 미사 시간이었다. 동료 신부가 미사를 집전하니 누를 끼치지 않으려면 이만 고해를 끝내야 했다. 이 신부가 자리에서 일어나던 그때, 덜컥 신자실의 문이 열리고 거친 호흡을 하며 누군가 안으로 들어서는 소리가 들렸다.

"다음에 하시죠. 이제 미사 시간입니다."

"저, 신부님과 약속 지키러 왔습니다."

이 신부의 심장이 철렁 내려앉았다. 익숙한 목소리의 주인공은 그가 그토록 애타게 다시 만나고 싶었던 바로 그 남자였다. 이 신부는 잠시 후 있을 미사도 까맣게 잊은 채 이끌리듯 자리에 앉았다. 그리고 조심히 핸드폰의 음성 녹음 버튼을 눌렀다.

"시작하시죠."

콜링 카드

"김중화, 저 노인네가 마음속에 켕기는 게 있으니 나를 그 동굴에서 내쫓았던 거 아니겠어. 그 시기에 일이 난 것도 아귀가 딱딱 들어맞잖아. 그렇게 뒤가 구린 놈이 매일 고상한 척 염불 외우는 모습을 보면 참 기가 막힐 노릇이라니까."

강무소의 말이 사실이라면 김중화는 주파수 실종 사건의 가장 유력한 용의자였다. 뜻밖의 증언에 용훈은 놀랐지만 애써 아무렇지 않은 척하며 말했다.

"까고 있네. 증거도 없으면서 무슨."

"목격자의 말이 증거 아니야?"

"뭔 원수를 져서 모함하는지 모르겠지만, 네가 그날 그곳에 있었다는 증거를 댈 수 없으면 그만 입 다물어라."

"뉴스 보니까 그 애들 두개골 깨진 모양이 벽돌로 내려친 거 같다던데, 저 양반이 사람 벽돌로 내려쳐서 상해치사로 들어왔거든. 같은 수법인데 결정타잖아?"

용훈은 중화의 사건 기록을 빠르게 넘겨봤다. '상가 건물주의 머리에 벽돌을 내려쳐 사망케 해 상해치사 징역 15년 6개월'이라고 적혀 있었다. 노루 고깃집을 운영한 김중화는 장사가 잘되기 시작할 무렵, 건물주가 느닷없이 가게를 정리시켰다. 어쩔 수 없이 인근이지만 다소 외진 터를 잡아서 부랴부랴 이사를 했다. 그런데 그날부로 손님들의 발길이 뚝 끊겼다. 단골들에게 가게 이전 소식도 전하지 못한 김중화는 혹 헛걸음하는 이들을 마주치지 않을까 해서 가게가 있던 건물로 오랜만에 걸음을 했다. 건물 앞에 도착한 그는 충격적인 장면을 목격했고, 이상하리만치 가게 매출이 떨어진 이유를 분명히 알게 되었다. 건물주가 김중화의 가게 간판도 떼지 않고 '청해노루'라는 이름 그대로 가게를 다시 연 것이다.

김중화가 애써 번창시킨 가게였다. 그를 시기 질투한 건물주의 폭정에 김중화는 망하는 수밖에 없었다. 가게를 고스란히 빼앗길 수는 없어 소송을 진행했지만 그는 오히려 권리 침해로 맞소송을 당했다. 김중화는 억울했다. 그 가게에 건물주의 '권리'랄 것은 없었다. 가게를 일으킨 것은 오롯이 그의 수

고였다. 하지만 김중화는 대형 로펌의 위세에 제대로 된 항변도 해보지 못하고 패소했다. 판결이 나온 날, 그는 건물주를 찾아가 일말의 보상금이라도 달라고 마지막 제안을 했다. 그러나 그마저 치욕스레 거절당하자 홧김에 건물주의 머리를 내려쳐 사망하게 만든 것이다.

용훈이 보기에도 김중화는 의심스러운 존재였다. 그의 얼굴이 낯익은 것을 생각하면 더욱 그랬다. 필시 인주시에 살던 어릴 적 한번은 마주친 사람일 것이라고 용훈은 생각했다. 그에 대한 강렬한 의혹을 뒤로한 채 용훈은 강무소에게 마지막 질문을 던졌다.

"끝으로 하나만 더 묻자. 왜 날 선택했냐?"

"잡지에서 인터뷰를 봤어. 기왕이면 고향 사람 몰아주면 좋잖아?"

용훈은 피식 웃음이 터졌다. 역시 예상대로였다. 하지만 의아심이 들었다. 고향 사람이라 하기에 용훈은 인주시에 아주 잠시만 살았으니까. 엄밀히 따지면 고향 사람은 아니라고 말하려다가 괜히 말꼬리 잡고 늘어지는 것 같아서 멈칫했다. 그리고 강무소에게 돌아가라고 말했다.

교도관이 들어와 강무소를 끌고 나가는데 그도 피식 웃음이 나왔다. 고향 사람이라서 그랬다는 말도 안 되는 소리로 상황을 모면했지만 사실 강무소는 용훈과 이미 안면이 있었다.

그가 연쇄살인 사건을 벌이기 11년 전, 절도 사건으로 붙잡혀 들어간 적이 있는데 그때 담당 부서에 있던 용훈을 강무소는 기억하고 있었다.

당시 말단이었던 용훈은 강무소를 직접 조사할 수 없었다. 그래서 용훈은 그와 일면식이 있다는 사실을 몰랐던 것이다. 하지만 강무소는 잡혀 들어온 당시, 강력반원들끼리 나누는 대화를 들었다. 인주시에 대한 지역 차별 발언이 오가는 분위기 속에 유일하게 그곳이 산 좋고 공기 좋은 곳이라고 두둔하던 용훈의 목소리를 들은 것이다. 게다가 주파수 실종 사건을 계기로 경찰이 되었다는 인터뷰 기사를 보니 용훈도 능리산에 남다른 기억이 있는 듯해 강무소는 그를 선택하는 수밖에 없었다.

취침 시각을 앞두고 사동 복도를 거니는 묵직한 발걸음 소리가 들렸다. 7사동 복도에 배석해 있는 교도관이 소리가 나는 쪽으로 눈을 돌렸다. 그러자 11호실로 다가가는 용훈이 보였다. 그의 방문은 이미 허락되어 있었다.

용훈은 수감실 문의 쪽창으로 다가가 방 안을 조심히 들여다봤다. 재소자들은 누워 있거나 꾸벅꾸벅 졸고 있거나 책을 보면서 무료한 시간을 달래고 있었다. 그들 사이로 등을 돌린 채 벽면을 마주하고 가부좌를 튼 한 남자가 있었다. 백발성성한 머리에 옹골진 체격을 가진 김중화였다. 자세히 보니 손엔 염주가 들려 있었다.

3차 인터뷰를 거절한 그가 옥중에서 어떤 모습으로 있을지 용훈은 궁금했고, 그리하여 이렇게 찾아온 것이다. 마침 그가 깨어 있다면 말을 걸어봐야겠다고 생각했다.

"김중화 씨."

나직이 호명하자 다행히도 그가 고개를 돌렸다. 복도에 띄엄띄엄 배치된 조명만으로 얼굴 표정을 정확히 헤아리기는 힘들었지만 그의 눈빛만은 분명했다.

"인터뷰 요청을 거절하셔서 한번 찾아와봤습니다. 미제 사건 해결을 위해 이번엔 꼭 참석 요청을 드리려고요."

"…."

"뉴스 보셔서 아시겠지만 최근에 애들 유골을 찾았는데, 이제라도 그 애들 원한을 씻어야 하지 않겠습니까?"

"…."

용훈은 다른 용의자들과 달리 김중화에게 정중히 대했다. 유독 나이 많은 노인이라는 점도 있지만, 그가 일으킨 범죄 정황도 어느 정도 이해되는 선에 있었기 때문에 최소한 인간적으로 대해주고 싶었다. 무엇보다 왠지 익숙한 인상이 계속 마음에 걸리기도 했고, 유일하게 인터뷰에 응하지 않는 용의자이기도 했기에 그를 회유하기 위해선 이러는 수밖에 없었다.

하지만 용훈의 그런 노력에도 김중화는 묵묵부답이었다. 두 사람 사이에 묵직한 시선만 오고 갔다. 그때 취침 점호를 알리는 음악이 사동 전체에 울려 퍼졌다. 재소자들은 일사분란하게 이불을 펼치며 취침 준비에 여념 없었다.

이때 7사동을 지키고 서 있던 교도관이 용훈에게 다가왔다. 이제는 나가달라는 뜻이었다. 중화는 여전히 아무 감정 없는 텅 빈 눈으로 용훈을 응시했다. 용훈은 교도관들에게 끌려 나가면서도 중화를 놓치지 않고 보고 있었다. 그러던 그때 중화가 입을 뗐다.

"다른 한 애는 아직 못 찾았다고 하던데…."

갑작스러운 응답에 용훈은 교도관들과 약간의 몸싸움을 하면서까지 필사적으로 떨어져 중화에게 다가갔다.

"알고 계시네요? 소재욱이라고, 그 친구는 아직 실종 상태입니다. 애들 불쌍하잖아요. 협조해주시죠."

"…."

중화는 대답 대신 허탈한 한숨을 쉬었다. 교도관들은 재차 나가라고 재촉하고 있었다. 용훈은 마지막 쐐기의 말을 해야만 했다.

"인터뷰에 응하지 않으면 유력한 용의자가 될 수 있습니다. 그쪽을 범인으로 몰고 있는 사람이 있어요. 아직 알리바이는 확인해봐야 하지만 가능성은 충분합니다."

그러자 중화는 그 말에 답변하듯 마침내 고개를 끄덕였다. 용훈은 반색하며 환한 미소로 화답했다. 끝내 그와의 만남을 약속받아낸 용훈은 흔쾌히 교도관들에게 몸을 맡겨 나갔다. 그러면서도 마지막으로 소리쳤다.

"약속하셨습니다. 내일은 꼭 부탁드려요. 네?"

방으로 돌아온 용훈은 라꾸라꾸 침대와 한 몸이 되어 기절하다시피 잠에 빠져들었다. 한 달이라는 제한된 시간이 그의 목을 조이고 있기에 잠을 줄여야만 했다. 하루 평균 한두 시간의 잠을 취한 채 나머지 시간은 조사와 거듭된 인터뷰를 진행했다. 그렇게 몸을 혹사시킨 수사의 결과는 열흘 동안 팔백여 명의 재소자들 가운데 네 명의 용의자를 추리는 성과를 냈다. 이제부터가 진짜였다. 용훈은 더 이상 지체할 시간이 없었다.

그때 핸드폰이 울렸다. 용훈은 눈을 감은 채 손을 더듬어 발신인도 확인하지 않은 채 통화를 했다. 최필수 경사였다. 용훈이 유일하게 믿고 의지해 수사 자료를 공유하고 도움을 받고 있던 후배였다.

"선배님, 주무셨어요?"

"어, 필수야."

"아, 열두 시 넘었네. 이제야 업무가 끝나서. 죄송합니다."

"아니야. 지금 잠이 중요한가. 왜?"

"용의자들 신상 따보라고 하셔서 해보다가 충격적인 정보를 알아냈습니다."

용훈은 입소 카드 외에 용의자들의 개인 정보를 더욱 구체적으로 알아보고 싶었다. 그래서 필수에게 부탁한 일이었다. 그러나 원체 허풍이 심한 후배라는 걸 알기에 용훈은 괜한 웃음이 터졌다.

"충격적이지 않기만 해봐."

"당천 부녀자 사망 사건이라고, 아시죠?"

"응. 실종되고 한 달 만에 야산에서 사체로 발견되었잖아. 그게 아마 2000년쯤 벌어진 일이지. 그 사건이 왜?"

"당시 용의자가 누군지 아세요? 바로 김중화예요."

용훈은 아찔했다. 그 사건 당시 용훈도 용의자의 얼굴을 봤기 때문이다. 하지만 당천 부녀자 사망 사건은 내부망을 통해 수사 내역만 파악했을 뿐, 용훈이 직접 관여할 수 있는 사건은 아니었다. 그래서 찜찜한 기시감만 가지고 있었는데 필수가 마침 그 사건을 언급한 것이었다. 하지만 그 사건의 '용의자'였다는 사실이 수사의 판도를 바꿔갈 만큼 충격적인 소식은 아니었다.

"그 사건 장기 미제지? 김중화는 무혐의 난 거 아니야? 뭐가 충격적이라고?"

"놀라지 마십쇼. 김중화를 범인으로 주장한 사람이 피해자 아들인데, 그 아들이 바로 강무소랍니다."

"뭐? 대체 무슨 소리야?"

용훈은 자리에서 벌떡 일어났다. 그의 말을 들으면 들을수록 더욱 혼란해졌기에 정신을 집중해야 했다. 용훈은 복잡한 머릿속을 털어내고자 방 안을 서성이며 통화를 이어나갔다. 그 후 필수가 꺼내놓은 말들은 더 점입가경이었다. 당천 부녀자 사망 사건의 피해자 이옥정과 김중화는 사실혼 관계였다. 물론 둘 사이에 아이는 없었고 강무소는 이옥정이 전 남편과 낳은 아들이었다.

김중화는 저를 아버지로 인정하지 않는 강무소를 학대했고, 이옥정은 그러한 연유로 김중화와 헤어졌다. 그러나 헤어진 지 1년이 채 지나지 않아 이옥정이 변사체로 발견되었는데, 한여름 한 달이 넘는 기간 동안 유기된 채 방치된 사체는 훼손이 심해 어떤 흔적도 남지 않았다. 그 당시 강무소는 김중화가 범인으로 의심이 간다고 진술했다.

"그럼 우리가 지금 강무소한테 놀아났다는 거지?"

"강무소는 여전히 당천 사건을 김중화가 저질렀다고 생각할 테니까요. 재수사를 위해 뭐라도 걸고 넘어졌을 수 있죠."

"그래도 아직 모르는 거잖아?"

"아직은요. 주파수 실종 사건에 진짜 관여되었을 수도 있겠죠. 여러 가능성을 열어둬야 할 것 같아요."

"에이, 씨발. 뭐가 이리 복잡해."

용훈은 김중화와 대면해 인터뷰를 약속했다는 사실을 털어 놓았다. 그러면서 필수의 동참을 권했다. 종전에 전해들은 충격적인 사실을 만나서 좀 더 자세히 듣고 싶은 마음도 있었고, 아무래도 전문 프로파일러의 눈에는 용훈이 미처 발견하지 못하는 김중화의 미세한 심리 변화 같은 것도 보이지 않을까 하는 마음도 있었다.

다음 날 아침, 용훈은 기상 음악에 눈을 떴다. 아침 일곱 시면 어김없이 울리는 교도소 모닝콜이었다. 간밤에 충격적인 소식을 들어 뜬눈으로 밤을 지새우다시피 하다가 어스름한 새벽녘에 겨우 눈을 붙이고 두 시간 남짓 잠을 잤다. 부족한 잠으로 고단한 하루를 시작하는 것은 아주 지치는 일이지만 지금 용훈에게는 지친다는 것조차도 사치였다. 그에겐 남은 시간이 없었다.

용훈은 김중화를 맞이할 준비를 분주히 이어나갔다. 방 안 가득 너저분하게 어질러져 있던 짐들을 정리했다. 웬일인지 그를 맞이하기에 앞서 용훈은 청소를 하고 싶었다. 그리고 고정 인터뷰 시간이 도래하자 용훈의 심장은 뛰었다. 김중화를 만나면 물어보고 싶은 말들이 참 많았다.

몇 번씩 곱씹은 김중화의 입소 카드를 책상에 올려둔 채 용훈은 일정하게 숨을 가다듬으며 그를 기다렸다. 그리고 마침내 문이 열렸다. 그를 맞이하기 위해 용훈이 일어섰지만 들어오는 것은 단 한 사람, 민정한 교도관이었다.

"2843은 오늘도 어렵겠는데요?"

"왜? 어제 분명 접견한다고 했어."

"갑자기 복통이 나서 어렵겠대요."

용훈은 머리를 흩뜨리며 털썩 자리에 앉았다. 그와 동시에 민 교도관은 방을 빠져나갔다.

"그럼 강무소 이 새끼를 먼저 만나야 하나."

용훈은 취소된 김중화의 인터뷰 대신 강무소와의 접견을 고민하며 신청서를 꺼내 들었다. 그때 핸드폰이 울렸다. 최필수였다.

"어, 필수… 뭐? 벌써 왔다고?"

그가 도착했다는 말에 용훈은 한달음에 달려 나갔다. 교도소 마당에 나가보니 마침 높은 철제문이 열리고 있었다. 이윽고 소형차 한 대가 들어와 적당한 곳에 멈춰 섰다. 곧이어 차에서 내린 필수가 두 손 가득 짐을 든 채 꾸벅 인사를 했다. 용훈은 한껏 반가운 얼굴로 손을 번쩍 들어 세차게 흔들었다.

"누추하지?"

"생각보다 뭐, 나쁘진 않은데요?"

어느새 교도소 내 용훈의 방으로 들어선 필수가 말했다. 그는 들고 있던 화분과 서류 가방을 테이블 위에 올려뒀다. 용훈이 곧장 가방을 뒤져 사건 파일들을 꺼냈다. 문서를 추리면서 옆에 놓인 화분을 보고 말했다.

"뭘 이런 걸 다 사 왔어?"

"그거 공기 청정 효과도 있는 거예요. 답답한 곳에 계신데 조금이라도 숨 좀 트이시라고요."

"이게 당천 재수사 파일이냐?"

"네, 그거 보시면 돼요."

용훈은 '당천 부녀자 실종 사망 사건(2000)'이라는 제목이 적힌 사건 파일을 읽기 시작했다. 그새 필수는 한편에 놓인 전기 포트에 물을 올리고 종이컵에 커피믹스를 담았다. 용훈이 보고 있는 유가족의 진술, 그러니까 강무소의 진술에 의하면 김중화는 가정폭력을 일삼아 가정불화를 일으켰으며 헤어지고 난 뒤엔 앙심을 품어 협박 전화를 걸어왔다고 했다. 특히 강무소는 모친이 실종된 시점에 김중화의 집 마당에 의문의 피를 치운 흔적들이 있었다는 점에서 그를 강력한 용의자로 의심했다.

"강무소 진술은 그럴듯한데 김중화는 어떻게 혐의를 빠져나간 거야?"

"노루 사냥을 했대요."

"노루 사냥? 아, 노루 고깃집을 운영했어."

"직접 사냥한 노루를 집 마당에서 손질했다더라고요. DNA

감식 결과 피해자의 혈흔이 아닌 게 밝혀져서 무혐의 처리되었습니다."

용훈은 지난날 강무소에게서 김중화가 어느 날부터 한동안 능리산 동굴에 살았다는 얘기를 들은 적이 있었다. 노루를 잡기 위한 것이라면 그럴 수도 있겠다는 생각이 들었다. 지금 문제는 김중화의 알리바이도 그럴듯해 보이고, 강무소의 진술도 그럴듯해 보이고, 진실을 밝힐 결정적 단서나 증언이 부족하다는 것이었다. 김중화의 인터뷰가 절실하게 필요한 상황이었다. 용훈은 미간을 문지르다가 깊은 한숨을 쉬었다. 필수가 방금 탄 뜨거운 커피를 용훈에게 내밀었다.

"저 화분 공기 청정 효과 있는 거 맞아? 난 왜 네가 오고 더 답답해진 것 같냐."

"쉽지 않을 거 알고 계셨잖아요. 저도 조금이라도 도움이 되려고 온 거고요."

낙천적인 필수의 얼굴을 보며 용훈은 실없이 웃었다. 필수의 말처럼 쉽지 않으리라는 것을 이미 예상하고 뛰어든 수사였다. 용훈은 조심스럽게 커피를 한 모금 들이켰다. 뜨거운 기운이 목을 타고 흐르며 간밤의 피로가 조금 물러나는 듯했다.

누르스름한 밀주가 여섯 개의 플라스틱 컵에 담겨 짠, 하고 부딪혔다. 술잔의 주인공들은 13호실의 강무소와 노지혁을 비롯한 재소자들이었다. 바닥에는 소시지와 냉동 만두, 새우 깡 같은 안주들이 놓여 있었다. 일제히 술을 마신 그들은 소리 죽여 작은 탄성을 내뱉었다.

"어째 지난번보다 별로다?"

"그러게요. 이제 양조장 바꿀 때도 되었네."

툴툴거리던 이들이 이마가 훤한 재소자를 쳐다봤다. 그가 양조장이라 불리는 사내였다. 재소자들의 볼멘소리에 양조장이 말했다.

"지난번엔 고급 식빵이었고 이번엔 밥으로 곰팡이 피워서 누룩 띄운 거고. 단순한 재료 차이지, 뭐."

한 잔을 더 따르던 강무소가 대답했다.

"공짜로 얻어먹는 주제에 말들 참 많아. 처먹기나 해."

"예! 오늘 무소 형님이 쏘는 거니까 감사한 마음으로 맛있게들 드세요."

강무소의 말에 노지혁이 거들었다. 지혁은 그의 수족이나 다름없었다. 재소자들은 간만에 몰래 마시는 밀주와 더불어 매점에서 사 온 냉동식품을 먹으면서 만족감에 젖었다. 기분 좋게 안주를 먹던 재소자 하나가 물었다.

"좋은 일 있으신가봐요? 근사하게 쏘시고."

"좋지. 눈엣가시가 조만간 제거될 거니까."

강무소의 말에는 주어가 빠져 있었지만 그가 생각하는 사람이 김중화라는 건 모두가 다 아는 사실이었다. 강무소는 공공연하게 김중화에 대한 불편한 속내를 내비쳐왔다. 둘이 마주칠 때 신경전이 펼쳐진 것도 한두 번이 아니었다. 강무소는 자신이 짠 판대로 김중화가 제거될 수 있다고 믿으며 한껏 고무되어 있었다. 들뜬 그에게 찬물을 끼얹듯 노지혁이 말했다.

"형님, 그 소문 들으셨습니까? 이희수가 실은 자살이 아니라는데요."

"어디서 그런 가짜 뉴스를 들었어?"

"진짠데, 주파수 실종 사건 진범이 편지를 보내려고 일부러 죽였다고 소지가 말해주던데요. 교도관들이 하는 말 들었다고요. 목을 맨 자살로 위장했지만 진짜 사망 원인은 과다출혈이었대요. 날카로운 게 옆구리를 막 찔렀다고."

노지혁의 말에 같이 술을 마시던 재소자들도 술렁였다. 그러자 강무소의 표정이 순간 흔들렸다. 편지는 자신이 이희수인 척하며 보낸 것이 맞았다. 하지만 편지를 보낸 이가 주파수 실종 사건의 진범이라는 주장은 틀렸다고 반박하고 싶었다. 그러나 괜한 화근이 될 거 같아 말하지 않았다. 다만 일그러진 표정만은 가눌 길이 없었다.

그 표정을 들킬 새도 없이 복도에서 인기척이 느껴졌다. 그들은 빛의 속도로 술판을 이불로 덮어 가리느라 정신없었다. 재소자들은 홍해가 갈라지듯 각자 한구석으로 흩어져 태연히 딴청을 피웠다. 불쑥 교도관이 수감실 문의 쪽창으로 얼굴을 들이밀었다. 그러는 사이, 강무소는 천연덕스럽게 화장실로 이동했다. 교도관은 잠시 수감실을 둘러보고는 별 이상함이 없다고 판단하고 사라졌다. 그때 강무소는 소변을 다 보고 변기 물을 내렸다.

강무소는 화장실을 나가려다가 말고 다시 돌아봤다. 그가 올려다보는 곳은 천장에 있는 환풍기였다. 환풍기는 고장이 나 작동하지 않았다. 재소자들의 시선이 이쪽에 있지 않음을 확인한 강무소는 곧 환풍기 안쪽으로 손을 뻗었다. 그리고 환풍기 너머를 더듬거리더니 이내 무언가를 잡아당겼다. 너무 얇아서 투명해 보이는 줄에 연결된 나무젓가락이 그의 손에 쥐어졌다. 그것은 오랜 시간 뾰족하게 다듬어 송곳 같은 무기가 되어 있었다. 이 정도면 얼마든지 원하는 자를 죽일 수도 있었다. 그것을 바라보는 강무소의 얼굴에 설렘이 한가득 담겼다.

"형님, 이제 나오셔야 할 거 같습니다."

"뭐 인마?"

노지혁의 말에 신경질적으로 답하고 강무소는 덜컥 문을 열었다. 그러자 방금 전 쪽창을 기웃대던 교도관이 다시 그 창문 앞에 서 있었다.

"자꾸 형님을 찾네요."

노지혁이 턱 끝으로 교도관을 가리켰다. 강무소는 곧장 그 앞으로 다가가서 무슨 일이냐는 듯 민 교도관을 뚫어져라 바라봤다.

"면담."

"누구?"

"누구겠어요? 세탁실이지."

강무소는 지난날 자신에게 무례하게 굴던 형사를 떠올리면 그를 다시 만나고 싶지 않았다. 그러나 그날 면담에서 김중화를 용의 선상에 밀어 넣는 자신의 마지막 말에 관심을 가지는 듯 보이던 그의 표정을 잊을 수가 없었다. 이 판을 자신이 주도하기 위해선 그의 폭언이 불쾌해도 가야만 했다. 민 교도관은 주저하는 강무소에게 대답을 재촉했다.

"갈 거예요, 말 거예요? 가기 싫음 안 가도 되고."

"가. 할 말도 있었고, 갑시다."

민 교도관은 접견을 위해 그의 손목에 수갑을 채웠고, 쇠사슬로 된 보호대까지 허리춤에 채웠다. 다른 재소자들이라면 수갑으로 끝날 일이지만 교도소 내 특별 관리 대상이자 요주의 인물로 분류되는 그는 철저히 결박해야 했다.

"꼭 이렇게까지 해야 하나."

강무소는 교도관들과 이동하면서 불편한 속내를 비쳤지만 모두 반응해주지 않았다. 마침내 용훈의 방 앞에 도착해 문을 여는 그때였다. 강무소가 한 발 들어오자마자 종이 뭉치가 별안간 그의 얼굴에 날아들었다. 민 교도관은 불의의 습격을 당한 강무소를 자신의 뒤로 감췄다. 필수는 날짐승처럼 튀어 나가려는 용훈의 팔을 꽉 움켜쥐고 있었다.

"에이, 이러면 면담 못 하지?"

"너 당천 사건 재수사하려고 이 난리 친 거야?"

"아하, 그래서 뿔이 나셨어?"

강무소는 알 만하다는 듯이 피식 웃으며 자발적으로 착석했다. 민 교도관은 자리에 결박 장치를 단단히 묶어두고는 그곳을 빠져나갔다. 언제 돌발적으로 폭력을 행사할지 모르는 용훈을 꽉 잡은 채 필수가 차분한 어조로 물었다.

"김중화가 새아버지였다고 왜 말하지 않았어요?"

"뭔 헛소리야? 그 새끼는 단 한 번도 내 아버지였던 적이 없는데…."

"당천 부녀자 사망 사건 용의자가 김중화였다는 건 말할 수 있었잖아요?"

"나야 말하고 싶었지. 근데 그럼 나한테 불리한 상황이잖아."

필수 덕분에 감정을 추스른 용훈이 강무소의 맞은편에 앉았다. 자신이 강무소에게 놀아난 기분을 지울 수 없었지만 그래도 일말의 희망을 담아 물어보고 싶었다.

"네 말을 이제는 더 신뢰 못 하지. 개인적인 원한으로 한 사람 몰아세운 거밖에 더 돼?"

"이것 봐, 내가 이런 반응 나올까봐 말 못 한 거야."

"뭐래, 이 개새끼가!"

"당천 사망 사건 유가족인 내가 그 새끼를 주파수 실종 사건의 용의자로 의심하면 개인적인 원한으로 볼 거 아니야? 내 주장은 더 안 믿을 거고. 안 그래?"

강무소는 주파수 실종 사건의 범인이 김중화일 수밖에 없다고 끝없이 주장했다. 갑자기 능리산에 들어와 동굴 속에 자리를 펴고 살기도 했고, 아이들이 사라질 무렵에는 살림을 다 챙겨 도망치듯 떠나버리기도 했으니 분명 수상한 부분이 있다는 것이었다.

"그건 사냥 때문이었어. 김중화가 노루를 잡으러 다닌 건 그 당시에 사실 확인이 되었어."

"노루 사냥은 무슨. 인간 사냥이겠지."

"김중화 얘기는 더 들을 것도 없고, 너 이희수 수감번호로 사서함 편지 보냈잖아. 그럼 이희수를 네가 죽인 거야?"

"이희수는 자살했잖아. 나는 걔랑 친해서 명의 좀 빌려 쓴 거야. 내가 이렇게 보여도 이 세계에선 나름 슈퍼스타인데, 내가 편지 보낸 걸 알면 시끌시끌할 거 아니야?"

"미친 새끼. 이희수 사인은 자상으로 인한 과다출혈로 판명

낮어. 목을 맨 건 맞는데, 그보다 먼저 옆구리에 출혈이 있었다고. 목매달아서 죽을 사람이 굳이 옆구리를 자기 손으로 찔렀을까? 너지?"

용훈이 자꾸만 몰아세우자 강무소는 말문이 닫혀버렸다. 그 어떤 반박도 하지 않은 채 무시하듯 고개를 돌렸다. 어차피 아니라고 말해도 용훈은 자신을 범인으로 몰아세울 게 뻔하다고 생각했기 때문이다. 묵묵부답에 열이 바짝 오른 용훈이 일갈하려는데, 강무소에게 좋은 생각이 떠올랐다.

"아, 장규석."

"장규석이면 그 아동 살인마? 걔는 이희수 사망 이후에 잡혀 들어왔잖아?"

"그 새끼 입소하자마자 옆구리 찔려서 병원 실려 갔던 거 알지? 만약 이희수가 타살이라면 옆구리를 잘 쑤시고 다니는 놈이 범인일 거 아니야? 그럼 장규석 옆구리 찌른 놈이 가장 의심스럽지."

교도소에서 피습 사건이 하루 이틀 일어나는 것도 아니고, 옆구리를 찌르고 찔리는 것이 그렇게 특이한 일은 아니었다. 하지만 그렇다고 강무소의 말을 마냥 무시할 수는 또 없었다. 예사로 지나치는 단서가 때로 진짜 범인을 특정하기도 했다. 용훈은 강무소의 말을 전혀 염두에 두지 않는 것처럼 말했다.

"그렇게 애써도 네가 편지를 보낸 게 들킨 이상, 너는 이 사건에서 못 빠져나가."

"아무렴, 형사님이 조사만 잘해주시면 이희수 그렇게 만든 범인도 금방 밝혀지겠지."

강무소는 용훈의 약을 올리듯 마지막 말을 남기고 교도관의 지시에 따라 세탁실을 나섰다. 용훈은 그를 돌려보내고 상황을 정리해봤다. 현재 국공립 병원에 입원해 있는 장규석은 의식을 되찾았지만 대화는 일절 할 수 없었다. 하지만 간단한 의사표시는 메모를 통해 전할 수 있었고, 그가 범인으로 주장하는 사람은 송인구였다. 그는 존속살해로 사형을 선고받고 복역 중인 재소자였다.

서울에 같이 올라가서 주파수 실종 사건 조사를 마무리하자는 필수의 제안을 용훈은 강하게 거절했다. 아직 이곳에서 명확하게 짚고 넘어가야 할 일들이 있었다. 송인구도 만나서 조사를 해봐야 했고, 더욱이 김중화와의 인터뷰까지 보류된 상황이었다. 아무것도 해결된 것 없이 떠나기에는 지금까지 이뤄낸 것이 아까웠다.

장기 미제 사건의 범인을 잡을 수 있는 모처럼의 기회였다. 용훈은 이대로 허무하게 조사를 끝낼 수 없었다. 그날 저녁, 용훈은 떠나는 필수를 배웅했다. 그리고 결심을 다잡으며 송인구를 불러낼 접견신청서를 작성했다.

다음 날 오후, 용훈은 송인구와 마주 앉았다. 그의 목 언저리에 있는 용머리 문신이 눈에 들어왔다. 팔에도 언뜻 문신이 드러나는 것을 봐선 용 그림이 그의 온몸을 휘감고 있는 것 같았다. 쭉 찢어진 눈에 바싹 밀어놓은 머리까지, 한눈에 봐도 양아치 인상이었다. 그러나 거친 인상과 다르게 그의 몸이 미약하게나마 떨리고 있었다. 민 교도관이 휴무여서 대신 온 교도관이 송인구에게 결박 장치를 채우려 했다. 요주의 인물로 분류되는 만큼 결박 장치는 필수였다. 그때 용훈이 손을 들어 저지했다.

"그만, 여기서부턴 제가 알아서 할게요."

안 그래도 벌벌 떨고 있는 놈을 의자에 묶어두면 심리적 압박감에 제대로 된 대답이 나오지 못할 것이 뻔했다. 탐탁지 않은 얼굴로 두 사람을 번갈아서 보던 교도관이 어쩔 수 없다는 듯한 얼굴로 방을 나섰다. 단둘이 남게 되자 송인구를 한동안 진지하게 바라보던 용훈이 물었다.

"네가 장규석이 병신 만들었냐?"

송인구는 잔뜩 기죽어 눈치 보듯 주위를 둘러보고 있었다. 용훈은 그의 시선을 따라가봤지만 아무것도 보이지 않았다. 귀신 따위의 허상을 보는 듯한 느낌도 있었다.

"도대체 왜 그래? 누구 눈치를 보는 거야?"

"…"

"장규석 찌른 걸로 이미 경찰 조사도 받았다며? 이희수도 네가 그랬어?"

"…"

연달은 질문에도 송인구는 대답 없이 사방만 두렵게 둘러보다가 고개를 숙였다.

"아무도 없다니까 그러네."

"감시당할지도 몰라요."

"누가 너를 감시해? 교도관이? 재소자가? 너 편하게 얘기하라고 내가 교도관들은 다 치워뒀으니까 쓸데없는 걱정 마. 그리고 여기 정락교도소야. 무려 형사님이 면담 중인데 범죄자가 함부로 나다닐 수는 없다고."

"아니, 당신은 모르는 다른 방법이 있어. 교도소장보다 더 위에 있는 사람. 그 사람은 심판자야. 죽으라면 그냥 찍소리 못 하고 죽는 거라고."

'이거 순 미친놈 같은데…'

용훈은 입에서 터져 나올 것만 같은 말을 눌러 삼켰다. 송인구가 곧장 말을 이었다.

"우리 7사동에 대빵이 있거든. 그 사람 말 한마디에 모든 게 좌우돼. 당신까지도."

"그래서 네가 이희수도 죽이고 장규석도 찌른 거야? 그 대빵이란 자가 시켜서?"

"저기, 형사님은 알고 싶은 거 알아내서 여길 나가면 그만이지만 나는요, 여기서 생존을 해야 하잖아요? 내가 어떻게 말합니까. 감시당하고 있을 텐데….."

용훈은 그의 신변 보호를 약속했다. 아주 책임질 수는 없는 일이었지만 용훈은 절대 약속을 지키겠다고 말했다. 거짓말 같은 가벼운 약속이었다. 일단 그의 말을 믿은 송인구가 입을 떼려던 그때였다. 그들 사이로 그림자가 드리워졌다. 쪽창을 통해 비치던 빛을 누군가가 가린 것이다. 그와 동시에 용훈의 눈엔 창 쪽을 바라본 채 사색으로 굳어 떨고 있는 송인구가 보였다.

"괜찮지, 송인구?"

"장규석이 구라 친 거야. 나는 아무 짓도 안 했어."

"허, 장규석을 찌른 게 네가 아니라고?"

용훈은 갑자기 바뀐 송인구의 태도에 황당했다. 방금 전까지 분명 자신이 누군가의 지시에 의해 범행을 저질렀고, 그 지시한 자가 누구인지 자백하려던 순간이었다. 다시 원점으로 되돌아간 듯한 대화에 용훈은 허무해졌다. 그리고 송인구가 그토록 애타게 쳐다보고 있는 쪽창으로 다가갔다. 방금 전의 그림자를 용훈도 느끼긴 했기 때문이다. 하지만 면담 동안은 근처에 접근하지 말아달라고 분명히 말했음에도 빌어먹을 노파심에 얼굴을 비춘 일개 교도관 정도일 것이라고 생각했다.

심드렁히 문을 열어보는데 복도 커브에서 급하게 사라지는 그림자가 보였다.

"너 뭐야, 거기 서! 야 이 새끼야!"

용훈이 서둘러 그림자를 뒤쫓으려고 나섰다. 그러던 그때 퍽 소리와 함께 연이어 쨍그랑 소리가 났다. 소리를 인지하는 것과 동시에 용훈은 머리를 가격당한 듯이 강렬한 통증을 느꼈다. 뒤통수를 짚고 돌아보니 깨진 화분 파편이 바닥에 나뒹굴고 있었다. 어느새 자리에서 일어난 송인구가 손을 모은 채로 벌벌 떨고 있었다. 만일의 사태에 대비해 용훈 쪽 테이블 아래에 감춰놨던 화분을 그가 창밖을 확인하기 위해 일어난 사이에 송인구가 잡아든 것이다. 그리고 용훈이 방심하고 뒤를 보인 틈에 화분으로 머리를 내려쳤다.

"이런 미친 새끼…."

용훈이 본능적으로 상대에게 주먹을 날리며 달려들었지만 그것은 그저 허공을 가를 뿐이었다. 결국 휘청거리며 그대로 쓰러졌다. 소란한 소리에 저 멀리 교도관들이 우르르 뛰어오고 있었다. 송인구는 자신이 방금 전 저지른 일에 스스로도 놀란 듯 손톱을 물어뜯으며 파랗게 질려가고 있었다.

성스러운 피

고해소 밖으로 경건한 미사 예식 소리가 들렸다. 고해소 안은 적막이 흘렀다. 장막을 사이에 둔 채 마주 앉은 두 사람 사이에는 긴장감이 넘쳤다. 그 긴장감을 녹여주듯 이제 막 부르기 시작한 입당성가가 고해소 안으로 흘러들어와 나직이 울려 퍼졌다.

"주여 나를 가엾이 보아주소서. 나를 고쳐주소서. 내 뼈가 무너지나이다."

성가 소리에 이 신부의 마음이 한층 단단해졌다. 그러던 그 때 마침내 장막 너머 남자가 입을 뗐다.

"마지막 고해를 한 지 한 달 조금 넘었습니다."

"어서 고해하십시오."

남자의 말 다음에 이어진 이 신부의 말은 사실 불필요한 말이었다. 보통 신자가 마지막 고해 시기를 헤아린 후에는 곧장 자신의 죄를 이어 고해하는 것이 수순이었다. 하지만 사안이 사안인 만큼 이 신부는 어서 그의 말을 듣고 싶었다. 그러나 야속하게도 그는 또 침묵했다. 침묵 속 울려 퍼지는 성가가 이 신부의 귓가를 가득 채웠다.

"주여 나를 꾸짖지 마옵시고 진노하심으로 나를 벌하지 마옵소서. 내 힘이 다하오니 주여 가엾이 보아주소서. 나를 고쳐 주소서. 내 뼈가 무너지나이다."

이 신부는 자신만 알 수 있을 정도의 작은 허밍으로 성가를 흥얼거렸다. 그것이 자신을 지켜주는 수호천사라도 된다는 듯이 말이다. 이는 긴장된 마음을 누그러뜨리는 이 신부 나름의 방식이었다. 그때 장막 너머로 남자가 다시 입을 뗐다.

"신부님 말씀대로 경찰서에 다녀왔습니다. 주파수 실종 사건의 아이들을 당시 산에서 목격했다고 말했는데요."

"경찰이 뭐라던가요?"

"그냥 저를 돌려보냈습니다."

"왜요? 어째서죠?"

"제 말을 믿지 않더라고요. 요즘 뉴스에서 그 사건을 하도 보도하니까 저와 비슷한 말을 하는 사람들이 제법 찾아왔다고 했습니다. 그들 중 믿을 만한 진술을 하는 사람은 없었고, 그래서 저 또한 거짓말을 한다고 생각하는 것 같더군요."

이 신부는 안타까운 생각이 들었다. 다른 이들이 하는 말은 장난일지 몰라도 이 사람이 하는 말은 신빙성이 있었기 때문이다. 사건이 있던 그날, 이 신부의 기억이 끊어지기 전까지의 상황을 남자는 정확하게 알고 있었다. 마치 그 상황을 직접 보고 겪은 사람처럼 이 신부의 기억과 진술이 완벽히 일치했던 것이다.

그의 진술을 한낱 장난처럼 여긴 경찰의 섣부른 판단에 이 신부는 아쉬운 생각이 들었다. 목격자로서 그는 이 사건에 대해 누구보다 자세한 얘기를 들려줄 수 있었다. 이 신부는 경찰이 그의 얘기에서 결정적 단서를 발견해 사건을 해결함으로써 원통하게 죽은 친구들의 억울함을 달래주기를 바랐다. 유골로 돌아오긴 했지만 아이들을 고통스럽게 죽인 범인을 반드시 잡게 하고 싶었다. 그러다보면 아직 유골조차 발견되지 않은 재욱까지 찾을 수 있을 것 같은 희망이 이 신부에게 있었다. 이 신부는 저도 모르게 한숨을 쉬었다.

"그래도 약속대로 경찰서에 가서 사실을 털어놓으셨으니 사죄경을 드리겠습니다."

"아닙니다. 저의 고백은 누구에게도 닿지 못했습니다. 그래서 사죄경을 받을 수 없습니다."

"그럼 사죄경도 드릴 수 없는 저를 왜 찾아오신 겁니까?"

"신부님과의 약속을 지켰다고 말씀드리고 싶었어요."

"왜 하필 저였습니까?"

이 신부의 질문에 그는 침묵했다. 마치 예정된 수순처럼 말이다. 지난번 그의 고해가 있던 날에도 똑같은 질문에 그는 사라져버렸다. 이 신부는 그 사건의 생존자로서 그가 자신을 알고 있을지도 모른다고 생각했다. 하지만 이 신부가 생존자라는 사실을 아는 이는 당시 수사를 담당한 경찰과 부모를 제외하고 없었다. 최근에는 이 사건을 재조사 중인 동창 용훈에게 그 사실을 알려준 바가 있지만 그 외에는 정말 아무도 알지 못하는 일이었다.

만약 남자가 그 사실을 알고서 찾아왔다면 대체 어떻게 알아낸 것일까. 그것이 궁금해졌다. 그가 자신을 알고 있을지도 모른다는 생각이 들자 이 신부는 조급해졌다.

"대답해보세요. 많고 많은 사제들 중에 왜 저를 선택하신 겁니까?"

"제 고해는 이성준 스테파노 신부님 단 한 사람한테만 할 수 있기 때문입니다."

이 신부는 그 답변으로 남자가 자신을 알고 있다고 확신할 수 있었다. 그의 다음 말을 기다리는 것만으로 이 신부의 호흡은 차츰 가빠지고 있었다. 그러던 그때 남자가 다시 고해를 이어나갔다.

"신부님에게 보속을 받으려면 좀 더 예전 일을 거짓 없이 진실되게 먼저 얘기해야겠군요."

"형제님?"

"진실로 얘기할 때 제 고백이 비로소 신부님에게 닿을 수 있을 것 같아서요."

이 신부는 남자의 심중을 가늠하지 못해 얼떨떨하게 듣고만 있었다. 잠깐의 망설임 끝에 남자가 조심스럽게 입을 열었다.

"죽이고 싶은 사람들이 있었습니다. 아이 때부터 중학생 때까지 키우던 제 강아지를 장난처럼 돌팔매질로 죽인 사람들이었습니다. 또 그들은 고단한 육체노동을 하며 살아온, 성실하지만 가난한, 거친 인상이지만 선량한 제 아버지를 '거지'나 '노숙자' 같은 말들로 험담했습니다. 친구인 척하며 저를 괴롭히고 소외시키는 건 참을 수 있었지만 나의 뿌리, 내 모든 것의 근간을 싸잡아 폄하하는 건 참을 수 없었습니다.

저는 그들을 정말 죽이고 싶었습니다. 죽인다는 것에 대한 죄의식은 없었습니다. 그들은 평범한 사람이 아닌 악마에 지나지 않았으니까요. 그런데 사람을 죽인 일이 한 번도 없었기에 차마 무서워서 할 수가 없었어요. 용기가 나지 않았다는 게 더 정확한 표현일 거예요. 어떻게 해야 하나 매일같이 고민에 빠졌습니다. 그러다 한 친구를 떠올렸습니다. 내 부탁이라면 절대 거절할 줄 모르는 착한 그 아이를요.

그 아이에게 먼저 동물을 사냥하는 방법을 알려줬습니다. 아이는 제법 잘 따라했지요. 기술이 날로 발전했습니다. 이제 다음 단계로 넘어가야 했어요. 나는 더 고급 기술을 가르쳐주기로 했습니다.

사람을 사냥하는 방법에 대해서 말이죠. 사람의 급소가 어디인지, 어떻게 하면 쉽게 제압되는지, 단번에 목숨을 빼앗는 기술은 무엇인지 같은 것들이요. 그러나 사람을 사냥한다는 말이 거북했는지 뒤꽁무니를 빼던 녀석이었습니다.

그래서 이번엔 그에게 정당한 살의를 교육해야 했습니다. 세상에는 죽지 말아야 하는 사람들이 많지만 죽어야만 하는 사람들도 있는 법이라고, 그들은 사악한 마음을 가져 악행을 저지르기만 할 뿐, 여리고 약한 존재들을 숙주 삼아 기생하고, 끝내 약한 존재들의 폐부를 뚫고 나와 타인의 희생으로 거듭 생존하는 악마 같은 존재들이라고, 그들을 제거하는 것이 곧 선량한 피해자들을 지키는 일이라고요.

거듭된 교육은 결국 그 친구를 감화시켰습니다. 내가 가지고 있던 그들에 대한 악에 받친 분노를 그 친구도 고스란히 가질 수 있게 된 것입니다. 마치 내 생각이 곧 그의 생각인 듯 우리는 똑같은 마음을 가진 분신 같은 존재가 되었습니다."

이 신부는 이해할 수 없었다. 주파수 실종 사건의 목격자로 고해를 했던 그가 다시 찾아와서는 그 사건과 관련 없는 자신의 학창 시절에 대해 엉뚱한 사실을 털어놓는 것이 말이다. 그러나 진지하게 말하고 있는 그의 고해를 끊을 수는 없는 노릇이었다. 이해할 수 없는 그의 말을 차후 몇 번이고 곱씹어 헤아리면 될 것이라고 이 신부는 생각했다. 그러면서 핸드폰 녹음이 잘되고 있는지를 살폈다. 20여 분 남짓한 녹음은 순조롭게 진행되고 있었다.

"사건이 있던 그날, 구조 요청의 무전을 받았습니다. 밤의 산행은 무서운 일이었고, 경찰도 찾아올 수 없을 정도의 폭우가 내리는 악천후였습니다. 그날, 그곳에 가자고 하는 친구와 그러지 말자는 친구로 나뉘었습니다. 하지만 그 또래 아이들의 영웅심과 모험심은 실로 놀라운 것이었습니다. 거친 폭우 속에서도 무장을 한 채 산에 오르는 힘을 줬습니다. 나는 적당한 시기에 그들과 멀어졌습니다. 본래도 가고 싶지 않았던 탓에 그들 뜻대로 휩쓸리지 않으려 멀어진 것입니다.

하지만 산에는 우리 말고 또 다른 존재가 있었습니다. 흡사 산에 사는 괴물 같은 존재였습니다. 그 존재를 먼저 발견한 그들은 혼비백산 도망쳤고 나는 시야에서 그들을 놓쳤습니다. 그리고 머지않아 총성이 이어졌습니다. 소년들이 달려간 방향에서 느껴지던 소란스러운 인기척이 사라지고 산속은 고요해졌습니다. 사실 그 괴물은 나의 분신이었으며 매복된 지뢰처럼 숨어 있다가 목숨을 앗아갈 살인귀로 환골탈태한 것입니다.

그러는 사이, 이 사건에서 유리된 존재였던 나약한 소년은 그 순간 기절해 가해자를 목격하지 않아 목숨을 부지할 수 있었네요. 그렇게 소년들이 죽었고 한 소년은 구사일생했습니다."

별다른 것으로 여긴 그의 고해는 점점 주파수 실종 사건과 일치되어가고 있었다. 어린 이 신부가 기억을 잃기 전에 본 사실과 고해의 내용이 정확히 맞아떨어졌다. 실종 사건이 있고 30년 후, 두 명의 친구가 유골로 발견되었고 한 명은 여전히 실종 상태에 머물러 있었다. 당시 그곳에서 상황을 목격하고 살아남은 자만이 알 수 있는 사실들을 낱낱이 고해하는 것은 그가 자신의 존재를 점차 드러내는 것과 같았다.

이 신부는 불완전한 기억으로 그날의 일을 떠올려보려 애썼다. 산에 올랐던 이는 정수, 경윤, 재욱 그리고 이 신부였다. 그중 살아남은 자는 이 신부였다. 그리고 이 신부와 장막 하나를 사이에 두고 진실을 고해하는 자, 그날의 일을 직접 본 것처럼 생생히 말하며 그 사건의 다른 내막까지 알고 있는 자, 사건의 다른 생존자는 한 사람밖에 맞춰지는 사람이 없었다. 묵주를 손에 쥔 이 신부의 손이 파르르 떨렸다. 이름을 밝히지 않았어도 고해하는 자가 누구인지 이제는 알 것만 같았기 때문이다.

"당신, 누구야?"

"친구들을 죽게 만들었기에 실종된 채 살아갈 수밖에 없는 존재."

"…."

"이제는 알겠죠? 내가 왜 신부님에게만 고해하려 든 것인지?"

충격으로 말문이 막혀 어떤 말도 하지 못한 채 겨우 숨만 쉬고 있는 이 신부에게 그는 칼날같이 날카로운 비장한 말을 꺼냈다.

"안 그래, 성준아?"

그 말은 이 신부의 내장을 쥐어짜듯 온 육신이 바스라질 것 같은 강렬한 충격을 줬다. 얼어붙은 이 신부는 아무 말도 할 수 없었다. 장막 너머의 그 존재는 비록 자신의 이름은 한 음절도 밝히지 않았지만 자신의 존재를 명백히 드러낸 것이나 다름없었다. 그 장황한 고백으로 스스로를 자인한 것이다.

고해소 밖의 미사 소리는 사라진 지 오래였다. 몰입되어 있는 지금 이 순간은 세상에 그와 이 신부 단둘뿐이었다. 그의 충격적인 고백 이후 한동안 정적만이 감돌던 그때 이 신부는 용기를 내어 그를 불러보기로 마음먹었다.

"재, 재욱이니?"

장막 너머에서 반응이 돌아오지 않았다. 고요뿐인 상황에서 이 신부는 그가 지난번처럼 아스라이 사라져버릴까 조마조마했다. 서로의 존재가 밝혀진 이상 이 신부는 이제 주저할 수 없었다.

고해소 사제실의 문이 열리고 이 신부가 나왔다. 성당 안에서는 영성체 의식이 한창 진행 중이었다. 이 신부는 곧장 고해소 신자실의 문을 잡았다. 그리고 끝내 문을 열었다. 덜컥 열린 문 안쪽을 들여다봤으나 재욱은 이미 바람처럼 사라져 있었다. 감쪽같이 사라져 마치 그 자리에서 소실된 것만 같았다.

사제관으로 돌아온 이 신부는 방 안을 서성이며 방금 전 일어난 일들을 헤아려봤다. 오래전 실종되었던 세 친구 중에서 다른 두 친구는 유골로 발견되었지만 한 친구는 여전히 실종 상태였다. 그가 살아 있기를 바라는 마음도 있었지만 기적이 아닌 이상 그런 일은 없을 거라고 생각했다. 그러나 그가 분명 살아 있는 실체로 장막을 사이에 둔 채 나타났다. 믿을 수 없는 현실 앞에서 이 신부는 혼란에 빠졌다. 그러다 문득 이 신부는 무의식적으로 혼잣말을 내뱉었다.

"너는 해치지 않을 거야."

불쑥 튀어나온 그 말에 이 신부는 스스로도 놀라 입을 틀어

막았다. 어디서부터 기인했는지 모를 그 말이 왜 갑자기 입속에서 발현된 것일까. 이 신부는 다시금 머릿속을 채우려는 그 말을 잊으려 애써 고개를 저었다. 재욱이 자신을 찾아온 목적을 헤아리면서 자연스레 따라오는 불길함을 떨치기 위해 방어적으로 혼잣말이 터져 나온 것이었다. 하지만 그마저도 재욱의 영향을 받고 있는 기분이 들어 이 신부는 더욱 께름칙해졌다. 그리고 그 말을 다시 발화하지 않기 위해 성가를 부르기 시작했다. 정신적인 공황 상태가 심해지면 발작이 일어나기 마련인데 웬일인지 그 증세는 일어나지 않았고, 그저 영문 모를 그 말만 머릿속을 계속 맴돌았다.

그는 도저히 맨 정신으로 있을 수 없었다. 그때 테이블 위 와인이 눈에 들어왔다. 이 신부는 성체 미사 의식이 떠올랐다. 가톨릭에서 포도주는 절대적 역할을 가졌다. 예수님의 피를 상징하는 포도주를 마신다는 것은 예수님의 고난과 부활에 참가하는 것을 의미했다. 와인은 미사 예식 중에 가장 중요한 영성체를 할 때 빠질 수 없는 신의 전령이었다. 누가 꺼내둔 것인지는 알 수 없으나 이 신부는 소파에 힘없이 걸터앉아 잔을 채웠다.

'간구하오니 성령의 힘으로 이 예물을 거룩하게 하시어 우리 주 예수 그리스도의 몸과 피가 되게 하소서.'

한 잔을 넘길 때마다 이 신부는 자연스레 영성체 구절을 떠올렸다. 이 신부는 와인을 마시고 또 마셨다.

'이는 새롭고 영원한 계약을 맺는 내 피의 잔이니 죄를 사하여 주려고 너희와 많은 이를 위하여 흘릴 피다. 너희는 나를 기억하여 이를 행하여라.'

술을 마시는 건지 영성체 의식을 하는 건지 스스로도 혼란할 지경이었다. 공포에 사로잡혔던 이 신부는 술과 종교의 힘으로 이 모든 두려움을 잊고만 싶었다.

'자비로우신 하느님, 저희가 드리는 예물을 받아드리시어 이 제사로 저희에게 온갖 복을 내려주소서. 우리 주 그리스도를 통하여 비나이다. 아멘.'

스스로 재욱이라고 주장하는 고해소의 남자는 자신이 실종자가 아닌 은신 중인 사건의 주범이라고 고백했다. 가장 친한 친구가 가련한 피해자가 아닌 가해자였다니 이 신부는 혼란스러웠다. 하지만 그는 지금 피해자와 가해자, 그리고 생존자와 목격자를 분리하고 싶지 않았다. 모두가 신이 창조한 피조물들이었다. 재욱도 이 신부도 죄의 굴레를 헤매고 있을 뿐이었다.

한 잔은 재욱을 위해, 다음 한 잔은 자신을 위해, 그리고 그다음 한 잔은 다시 재욱을 위해 그렇게 무한정 들이켰다. 성스러운 피를 상징하는 와인이 그의 몸속에 가득 채워지고 있었다.

"신부님, 신부님, 안에 계세요?"

똑똑 문 두드리는 소리와 함께 식복사의 목소리가 들렸다. 그 소리에 부스스 잠에서 깬 이 신부는 잠긴 목을 가다듬은 뒤 곧 대답했다.

"지금 막 일어났습니다."

"잠깐 문 좀 열어봐도 될까요?"

숙취에 속이 타들어가는 듯한 와중에도 이 신부는 방 안을 둘러봤다. 얼마나 마신 것일까. 방 안은 나뒹구는 와인병과 물건들이 너저분하게 널려 있었다. 사제로서 이 꼴을 절대 들킬 수는 없는 노릇이었다.

"아니요. 지금은 곤란합니다."

"그럼 식사는 차려놨으니까 드시면 돼요. 전 오늘 병원 갈 일이 있어서 나갑니다."

"아, 예. 알겠습니다. 다녀오세요."

곧장 일어난 이 신부는 너저분한 방을 치우기 시작했다. 그러면서 기억을 더듬어 어제의 일들을 헤아려봤다. 와인을 잔뜩 퍼마신 것까지는 기억이 나는데 그 후의 상황은 어떻게 된 것인지 좀체 떠오르지 않았다. 인사불성으로 마신 탓일까. 하지만 고해소에서 재욱과 마주한 사실만은 잊히지 않았다.

이 신부는 고해소에서 음성을 녹음했던 걸 떠올리며 곧장 핸드폰을 확인했다. 30여 분의 음성 파일이 버젓이 존재했다.

이 신부는 두려우면서도 한편으로는 반드시 마주해야 하는 실체라는 생각으로 녹음을 틀었다. 약간의 정적 끝에 "마지막 고해를 한 지 한 달 조금 넘었습니다"라는 남자의 목소리가 분명히 녹음되어 있었다.

"차라리 꿈이라면 좋았을 텐데…."

어제의 일들로 또 한 번 감정의 회오리가 치밀어 올라 이 신부는 곧장 정지 버튼을 눌렀다. 사제가 반드시 지켜야 하는 절대 약속, 고해라는 이름의 커다란 비밀에 짓눌려 질식할 것만 같았다. 정갈하게 차려진 아침 식사를 마주했지만 내키지 않았다. 점심에 먹을 요량으로 반찬 접시들에 랩을 씌워 그대로 냉장고에 넣어두고는 밖에 나섰다.

숙취해소제를 사러 편의점으로 가는 길이었다. 성당 인근에 작은 슈퍼가 있긴 했지만 숙취해소제 같은 건 존재하지 않았다. 번거롭더라도 성당에서 제법 거리가 되는 시내 편의점으로 나가야 했다. 이 신부는 간밤 꿈을 떠올려봤다.

정수와 경윤이 괴물에 쫓겨 달아날 때 한편에 숨어 있던 재욱이 그들을 낚아채 갔다. 그때 재욱의 뒤에서 나타난 낯선 소년이 벽돌을 든 채 그 둘에게 달려들었다. 먼저 습격을 당한 건 정수였다. 그 모습을 본 경윤은 도망쳤고 재욱은 뒤쫓았다. 마침내 재욱이 그의 어깨를 붙잡아 돌려세우는데 돌아선 그는 경윤이 아닌 소녀였다.

왜 그 아이가 나타난 것일까. 그러한 생각에 사로잡힌 채 걷던 이 신부는 어느새 편의점에 다다랐다. 곧장 숙취해소제를 집어 들었다. 그리고 음료 코너에 가서 숙취해소제와 함께 마시기 적당한 음료를 골라서 꺼내 들었을 그때였다.

옆 주류 코너에 선 채 안을 들여다보고 있는 익숙한 얼굴이 있었다. 바로 어젯밤 이 신부의 꿈에서 나온 그 소녀, 젬마였다. 소녀를 발견하면 늘 먼저 살가운 인사를 하는 이 신부였지만 간밤 꿈에 불온한 모습으로 나온 소녀를 보자 선뜻 말을 걸 수 없었다. 이 신부는 소녀를 못 본 체하며 카운터로 갔다.

숙취해소제와 음료가 올려진 카운터 위로 불쑥 캔맥주 하나가 올려졌다. 점원은 이 신부에게 잠시 양해를 구하고 소녀에게 미성년자라서 술을 팔 수 없다고 말했다. 그러자 소녀는 대답했다.

"제가 마실 게 아니에요. 그렇죠, 신부님?"

몸에 밴 자연스러운 거짓말이었다. 소녀는 캔맥주를 이 신부 쪽으로 넘겨줬다. 처음 보는 소녀의 능청스러운 모습에 이 신부는 적잖이 당황했다. 점원의 뾰족한 눈초리가 두 사람에게 닿았다. 이 신부는 괜한 실랑이에 휘말리고 싶지 않았다. 무엇보다 빨리 속을 달래고 싶었다. 그렇게 캔맥주까지 함께 계산하고 밖으로 나갔다.

야외 테이블에 앉아 숙취해소제를 입에 털어놓고 음료를

마셨다. 이 신부와 마주앉은 소녀는 봉지에 담겨 있는 캔맥주를 간절한 시선으로 보며 물었다.

"신부님, 그 맥주 저 주실 거죠?"

이 신부는 소녀의 당돌한 말에 놀랐다. 내성적이며 소심한 아이라고만 생각했기에 더더욱 말이다. 상대가 불편해하지 않게 거절할 말을 고민하다가 이 신부가 물었다.

"그러고 보니까 여태 젬마라는 세례명밖에 몰랐네. 이름이 뭐니? 나이는?"

"나예은이에요. 열여섯이고요."

"예은이 뭐, 안 좋은 일 있는 거야?"

"아니요, 물을 마셔도 갈증이 나서 시원하게 맥주를 마셔보고 싶었어요."

"그래, 그 나이엔 한 번쯤 그럴 수 있지. 근데 아무리 서슴없이 지내도 너한테 술을 줄 수는 없어."

"저 이미 마셔본 적 있어요. 사실 맥주 한 캔 정도는 아무것도 아니잖아요."

그 즉시 이 신부는 캔맥주를 땄다. 그리고 곧장 도랑에 부을 것 같은 자세를 취하며 말했다.

"분명 아무것도 아니라고 했다? 그럼, 버려도 되지?"

"신부님한테 드릴 거 있어요. 그거 저 주시면 바로 드릴게요."

"…."

"맥주보다 더 좋은 건데요. 한번 맛보면 뿅 가는 거예요."

맥주를 사수하기 위한 소녀의 필사적인 노력은 점입가경이었다. 이 신부는 실소가 터졌다. 아까는 능청스럽게 맥주가 제것이 아닌 양 굴더니 이번에는 또 어떤 거짓말을 하려는 걸까. 그러다 문득 고해소에 찾아왔던 소녀를 떠올렸다. 소녀는 거짓말을 했다고, 그로 인해 주변 사람들을 고통받게 했다고 말했다. 하지만 구체적인 내용까지 밝히지는 못하고 끝내 고해를 포기하고 돌아섰다. 그런 기억을 떠올리자 소녀와 진지하게 얘기해보고 싶었다. 다시 자리로 돌아와 앉은 이 신부는 소녀에게 물었다.

"고해성사는? 다른 본당에서 한 거니?"

"아니요. 그냥 포기했어요."

"왜?"

"고해성사를 하고 돌아서면 다시 또 거짓말을 할 테니까."

"…."

"기억하시죠? 제가 신부님한테 고해하러 들어갔던 거."

정확히 기억하고 있었다. 하지만 이 신부는 그 일을 상대에게 기억한다고 알려선 안 되었다. 신자들이 고해를 꺼려할 수있기에 그랬다. 그렇다고 거짓말을 할 수도 없는 노릇이기에 이 신부는 적당히 애매한 대답을 내뱉었다.

"글쎄."

"뭐 어차피 고해소에서 하나 얼굴 보고 하나 별 차이 없으니까 지금 할게요."

이 신부는 의자를 잡아끌어 소녀에게 집중했다. 그러나 소녀의 시선은 이 신부가 아닌 그가 들고 있는 캔맥주에 있었다. 마치 그것을 주면 고해성사를 하겠다는 것처럼 간절한 눈빛이었다. 번번이 고해소의 문턱을 넘지 못하던 소녀의 고해를 이 신부는 포기할 수 없었다. 고민하던 찰나 소녀의 눈빛이 반짝 빛났다.

"딱 한 모금만 마시면 진짜 할 수 있을 것 같아요."

"어?"

말릴 틈도 없이 이 신부의 손에 들린 캔맥주가 부지불식간 소녀에게 빼앗기듯 옮겨졌다. 소녀는 곧장 입안 가득 맥주를 마셨다. 캬, 하는 기분 좋은 탄성이 절로 터져 나왔다. 그러더니 소녀는 주머니에서 비닐에 담긴 이파리와 종이를 꺼냈다. 종이 위에 이파리를 올리고는 김밥을 말 듯 하더니 그것을 곧장 이 신부에게 내밀었다. 얼결에 받아든 이 신부는 이파리 종이 뭉치를 생경한 눈으로 바라봤다. 그런 이 신부를 보며 소녀가 말했다.

"아까 제가 맥주보다 더 좋은 거 드린다고 했죠?"

"이게 뭐야?"

"떨이에요. 모든 고통을 씻어주는 신비의 식물."

"떨? 이거 혹시 마약 같은 거니?"

"세상 사람들 정의엔 그렇게 불릴지 모르나 불치병에 걸린 사람에겐 생명과도 같은 치료약이에요. 원인 모를 통증에 그거만 한 게 없어요."

"네가 고해를 하려다가 매번 포기하고 돌아섰던 게 이거 때문이었어?"

"뭐, 그렇죠. 병세는 사라졌지만 저한테는 아직 그 약이 필요해서요. 그 약을 구하려면 거짓말은 필수고요. 다행히 지금은 다른 방법을 찾았지만…."

"…"

"다음번엔 제가 저의 아지트를 보여드릴게요. 거기에 기가 막힌 보물이 있어요. 그거 조심히 피우시고요. 아셨죠?"

이 신부는 한 방 얻어맞은 사람처럼 멍한 얼굴로 경직되어 있었다. 처음 소녀가 약을 시작한 것은 원인 모를 통증 때문이었다. 소녀는 약 덕에 병세가 사라졌고 현재는 약에 의존하고 있는 자신만 남았다고 말했다. 그간 약을 얻기 위해 끊임없이 아픈 척을 해온 것이 소녀의 거짓말이었다. 뜻밖의 고해에 이 신부는 적잖은 충격을 받은 얼굴이었다. 그런 그를 뒤로한 채 소녀는 기분 좋은 얼굴로 돌아서 갔다. 어느새 그에게서 사수한 캔맥주를 들고서 말이다.

그날 밤, 이 신부는 고열에 시달렸다. 그리고 그날 이후 더이상 고해를 집전할 수 없었다. 머릿속엔 온통 재욱의 생각뿐이었다. 고해소에서 충격적인 고해를 했던 그를 이 신부는 잊을 수가 없었다. '그가 말한 분신이란 게 누굴까?', '나를 찾아온 이유가 뭘까?'라는 주제로 생각을 시작하면 끝내 '모든 걸고해한 뒤 나도 죽이려 하는 건 아닐까?'라는 불안으로 귀결되었다.

그 순간, 이 신부의 머릿속에 분연히 떠오른 말이 있었다. '너는 해치지 않을 거야.' 지난번 갑작스레 튀어나온 혼잣말이었다. 생각해보면 그 말은 재욱의 고해를 들은 이후, 환청처럼들리던 말이었다. 어쩌면 이 말은 스스로 바라는 것을 무의식적인 주문으로 외웠던 것은 아닐까.

죽음의 공포에 시달리던 이 신부는 미사로나마 자신의 소임을 다하고 싶었다. 미사 시간에 이 신부는 신자들의 얼굴을꼼꼼히 헤아리고 암약해 있을지 모를 두려운 존재를 찾았다. 미사를 마치고 신자들이 흩어질 때, 모자를 푹 눌러 써 얼굴을제대로 확인하지 못한 남자가 있으면 뒤따라가 그의 몸을 휙돌려 반드시 얼굴을 확인해야만 직성이 풀렸다.

신자들은 점차 이상행동을 하는, 그러면서도 파리해지는인상의 이 신부를 걱정의 눈으로 바라봤다. 점차 쇠약해지는이 신부에 대한 소문은 날로 커져 교구청에 닿게 되었다. 결국 강제 요양 명령이 내려졌다. 문동성당의 미사는 초대 사제들이 진행하게 되었다. 그 후 이 신부는 사제관에서 한 발짝도 나가지 않은 채 스스로를 가둬두는 일을 선택했다. 사제관은 감옥이나 다름없었다.

날로 쇠약해지는 이 신부의 꿈에 재욱이 번번이 찾아왔다. 어떤 날은 벼른 칼을 든 채, 어떤 날은 국화꽃을 든 채, 또 다른 날은 마약을 든 채 이 신부의 머리맡을 서성이고 있었다. 신경쇠약이 심한 날에는 꿈에서 깨 발작 증세도 간헐적으로 보이고는 했다. 이 신부는 날로 피폐해져갔다. 그러나 이 신부는 자신의 병을 치료해줄 사람을 이미 알고 있었다. 극심한 신경쇠약에 사로잡힌 이상, 자신의 병을 치료하는 유일한 길은 자신을 고통으로 이끈 한 사람에게 토로하는 것뿐이었다.

더 이상 이렇게 지낼 수는 없다고 결론을 내린 이 신부는 두려움과 마주하기로 했다. 아픈 과거를 들춰내 모진 병마를 재발시켰던 용훈에게 이 신부는 그렇게도 피하고 싶고 두렵기만 했던 재욱의 존재를 고백하기로 마음먹었다.

족쇄

다시 돌아갈 곳이 있을까? 죽음에 이르면 살아온 날들이 주마
등처럼 필름의 형상으로 스쳐간다고 했다. 임사 체험의 법칙
에서 용훈도 예외는 아니었다. 갑작스러운 습격에 의식을 놓
았을 때 그가 마주한 저 너머의 것은 바로 아내와 딸이 함께
인 가정이었다.

　한때는 믿음직한 남편, 자랑스러운 아빠로서의 역할을 가
졌다. 그러나 전제하던 것들은 어느 순간 무너졌고, 기꺼이 짊
어질 수 있었던 책임은 박탈당했다. 사랑을 주는 법을 모르는
무심한 남편, 돈만 벌어오는 기계 같은 아빠로 전락한 그는 철
저히 소외되었다. 섭섭함은 가정을 등한시하는 것으로 표출

되었다. 결국 선택해서는 안 될, 잠시 스쳐간 인연과의 바람으로 이어졌다. 그리고 그것은 당연하게도 이혼을 초래했다.

다시 돌아갈 곳이 있을까? 필름의 흐름은 정해진 맥락 없이 이리저리 튀었다. 이번에는 강력 사건을 해결하고 1계급 특진을 하던 에이스 시절 권 경위를 보여줬다. 그러나 그 역시도 오욕스러운 비리 경찰로 한순간에 전락했다. 가장 행복하고 아름답던 시절은 덧없이 흘렀고, 애초부터 가지지 않았던 것처럼 그에게서 아스라이 사라져버렸다.

그것들은 되돌아갈 수 없는 과거가 되었다. 그러나 죽음의 문턱에서 돌아갈 곳을 끝없이 찾아 헤매는 그에게 저 너머의 것은 마치 선물을 주듯 그의 눈이 다시 떠지는 것을 허락했다. 저 너머에 있던 그가 다시 돌아온 곳은 의무실이었다.

"정신이 좀 드세요?"

"…."

의식을 차렸을 때 용훈의 눈에 가장 먼저 보인 것은 민정한 교도관이었다. 그는 걱정 가득한 얼굴로 용훈을 내려다보고 있었다.

"송인구는 징벌방에 가뒀어요. 눈에 뵈는 게 없나. 함부로 현직 경찰을 건드리네."

민 교도관은 들릴 듯 말 듯한 목소리로 작게 미친 새끼, 하고 읊조렸다. 용훈도 순간 송인구에 대한 괘씸함에 분노가 치밀어 올랐지만 두통이 몰려올 것 같아 고개를 가로저었다.

"아휴, 그러게 저 교대 근무로 쉴 땐 형사님도 그냥 좀 쉬시지."

용훈은 본래의 성정대로 '주어진 시간이 딱 한 달이야. 하루 한시가 촉박한데 네가 내 입장도 모르고 속 편한 소리하지?' 라는 말이 목구멍까지 차올랐지만 애써 참았다. 그보다 이 정도 상태라면 의무실이 아닌 병원에 가야 하지 않았을까 하는 의아심이 들었다. 점차 또렷해지는 의식 속에 이치를 따지는 건 수순이었다. 그런 용훈의 영민해지는 눈빛에서 마음을 읽기라도 한 듯 민 교도관이 대답했다.

"병원 가면 지체되니까 여기서 응급처치했거든요. 괜찮으시겠어요?"

"어, 괜찮은 거 같네."

사실 용훈은 민 교도관의 말이 변명이라는 것을 간파했다. 미제 실종 사건의 진실이 담긴 재소자의 편지로 한차례, 이미 자살한 자의 수감번호를 이용해 누군가 조작 편지를 보냈다는 것으로 한차례, 어린아이를 상대로 극악무도한 성범죄를 저지른 범죄자가 입소 당일 공격을 당해 병원에 실려 간 것으로 한차례, 말도 많고 탈도 많은 교도소는 언론의 추문이 자주 휩쓸고 가는 곳이었다.

게다가 그 미제 사건을 조사하러 온 형사가 재소자에 의해 불의의 습격을 당해 병원에 간다면 또 한 번 언론의 부정적인 관심을 받게 될 거였다. 그러니 모든 게 명료해졌다. 생사의 기로에 섰던 용훈은 그러한 이치를 따져 잘잘못을 가리는 게 덧없게 느껴졌다. 그에겐 그보다 더 중요하며 반드시 빠르게 해결해야 할 명백한 목표가 있었다.

"송인구가 누굴 발견하고 많이 놀란 것 같았어."

"그게 다 쇼예요. 형사님 속여서 공격하려고요."

"아니, 그거랑은 다른 차원이었어. 나도 모퉁이로 도망치는 사람을 보기도 했고. 쫓아가려다가 공격을 당해서 얼굴도 못 봤네. 근데 재소자가 복도에 다닐 수 있나?"

"보통은 아닌데 1급 모범수는 노역장을 관리하고 감독하니까 노역 시간만큼은 그럴 수 있긴 해요."

"1급 모범수 명단 있지?"

머지않아 용훈은 민 교도관으로부터 1급 모범수 명단을 건네받았다. 줄줄이 이어진 낯선 이름들을 별다른 감흥 없이 보다가 익숙한 이름을 발견하고 번쩍 눈이 뜨였다. 주파수 실종 사건의 용의자 김중화가 거기 있었던 것이다. 용훈은 곧장 그에게 접견신청서를 보냈다. 이번에도 역시나 김중화는 거절했다. 그래도 송인구를 조종하는 자를 알아내기 위해 강무소와 재차 면담을 예정했다.

"아이고, 머리통 깨졌다는 소식은 들었수다. 생각보다 얼굴 좋네."

"까는 소리 말고 빨랑 앉아라."

강무소는 접견실로 들어서자마자 그 특유의 비열한 미소를 지으며 껄렁껄렁한 자세로 앉았다.

"네가 여기 7사동 오야냐?"

"뭐 그렇다고 볼 수 있지."

"그럼 송인구가 말한 대빵이란 자식이 너겠네?"

"그런가?"

"송인구 조종해서 사람도 죽이고 칼빵도 놓게 하고 말이야. 그 자식이 내 머리 치게 한 것도 네가 그랬냐?"

"거참, 또 엄한 사람 잡네."

"18일 오후 세 시 반부터 네 시 반 사이, 뭐 했어?"

"그 시간이면 재봉실에 콱 박혀 있을 때네? CCTV도 있어. 확인해봐."

용훈은 이미 CCTV를 돌려봤었다. 노역을 마치고 우르르 몰려나오는 사람들의 틈바구니에서 누군가 외따로 나가는 장면이 분명히 찍혀 있었다. 그러나 그것이 강무소인지는커녕 교도관인지 재소자인지조차 정확히 헤아릴 길이 요원했다. 그러나 당당히 응수하는 강무소의 태도를 보며 일단은 후퇴하기로 했다.

"그래, 알았으니까 돌아가봐."

"뭐가 이렇게 싱겁게 끝나?"

"그럼 화끈하게 싸대기라도 한 대 갈겨줘? 자, 딱 대!"

"지난번 접견에 내가 미처 말 못 한 게 있더라고."

"아이 씨, 1절만 하고 들어가."

용훈은 그의 자기과시형 연극성 인격장애에 휘둘리고 싶지 않았다. 강무소는 모든 대화에서 자신을 주인공으로 만드는 재주가 있었다. 뜸 들이며 뭔가 있을 것같이 운을 띄우는 것 역시 그 일환이라고 용훈은 생각했다.

"사건이 일어난 해에 김중화가 능리산에 살았다고 했잖아. 아이들이 실종된 그날부로 세간 살림 다 챙겨서 달아났다고 했고."

"그딴 말들이 다 무슨 소용이야. 증거가 없는데?"

"일전에 내가 그랬지? 내 깔이랑 재미 좀 보려고 산에 올랐다고. 그때 커플 사진 좀 찍겠다고 일회용 카메라를 샀거든. 그 새끼가 시비를 걸어서 홧김에 내가 그 작자를 몰래 찍었어. 불법점거하고 사는 거 산림청에다 신고하려고 말이야."

"사진이 어디 있는데?"

"시골집 안방 장롱 위에 앨범이 있어. 카메라도 그 근처 어디에 뒀겠지. 근데 거기가 지금은 폐가가 되었을 거야. 사람 안 산 지 하도 오래되어서. 그래도 혹시 모르니까 한번 확인해

보면 되지 않겠어?"

그간의 작태를 본다면 분명 거짓말로 낚으려는 확률이 크겠지만 용훈은 적은 확률일지 몰라도 일말의 가능성을 붙잡고 싶었다. 그만큼 용훈은 꽤 절박했다. 그는 지푸라기라도 잡아야 할 정도로 촉박한 시간에 내몰려 있었다.

강무소와 일별하고 용훈은 곧장 필수에게 전화했다. 그리고 이와 같은 사실을 전하며 단독 수사를 요청했다. 교도소에 들어가 있는 한 달여 동안, 용훈이 밖에 나가 수사할 수 없는 입장인 걸 누구보다 잘 아는 필수는 흔쾌히 협조하겠다는 뜻을 밝혔다.

다음 날 밤, 용훈은 머리를 짚고 침대에 누워 있었다. 이제 정말 주어진 시간이 얼마 남지 않았다. 그런 촉박한 상황에서 수사에 진전이 나타나지 않는 것은 아주 죽을 맛이었다. 김중화는 그 어떤 회유에도 접견에 응하지 않았다. 필수는 강무소의 카메라를 발견했다고 했지만 아직 그 안에 담긴 사진에 관해서는 별 소식이 없었다. 용훈은 능리산에 기거하는 김중화의 모습이 카메라에 담겨 있기를 하릴없이 기도할 뿐이었다. 깊은 한숨을 내쉬며 몸을 일으키는데 그는 뜻밖의 전화를 받았다.

"용훈아, 나야."

"어, 성준이냐? 목소리가 왜 그래? 힘이 하나도 없이. 어디 아프냐?"

"너한테 꼭 해야 할 말이 있어. 다른 사람한텐 말할 수 없는 일이야. 너한테만 얘기해주려고 하는데, 전화로는 그렇고 사제관으로 와줄 수 있니?"

"미안한데, 난 지금 정락교도소에 있어. 웬만해서는 전화로 했으면 하는데⋯."

이 신부는 작은 한숨을 쉬었다. 용훈은 전화 너머로 들려오는 그의 목소리가 예사롭지 않다고 느껴졌다. 세상을 달관한 것도 같고 몸에 기운이라곤 온통 없는 병적인 느낌도 있었다. 무엇보다 바르르 떨리고 있는 숨결에서 두려움에 휩싸여 있다는 것이 고스란히 전달되었다. 그것은 그 어떤 미사여구보다 강렬한 표현이었다.

이 신부는 주파수 실종 사건과 관련해 긴히 할 얘기가 있다고 그의 구미를 당기려 했지만 용훈은 당분간 교도소 밖으로 나갈 수 없는 현실을 말했다. 그도 그럴 것이 용훈에게는 보이지 않는 강력한 족쇄가 매달려 있었다. 용훈이 주파수 실종 사건을 수사하는 것은 법무부와 사법부의 완강한 반대에 부딪혔다. 총경의 도움으로 단독 수사를 감행할 수 있었는데 전제 조건이 있었다. 수사를 진행하는 한 달간 교도소에 머무는 대신 절대 밖으로 나올 수 없다는 것이었다.

만약 중간에 나오면 용훈이 단독 수사를 포기하는 것으로 간주해 교도소 내부에서의 범인 색출이란 수사 전권을 다른 수사반에 넘기기로 했다. 수많은 사람들의 관심이 집중되며 스포트라이트를 받고 있는 사건인 만큼 성과에 욕심을 내는 모두가 벌떼처럼 달려들 기세였다.

하지만 용훈이 쌓아 올린 수사에 그들이 덤비는 것은 이미 다 차려진 진수성찬에 숟가락만 얹어 자신이 차린 양하려는 것이었다. 용훈은 그와 같은 사실을 이 신부에게 열거하며 나갈 수 없는 처지라고 딱 잘라 말했다.

이 신부는 말문이 막혔다. 수화기 너머 정적이 감돌았지만 두려움 가득한 숨소리는 더욱 커졌다. 그러던 그때 숨을 참다가 겨우 뱉어내는 것처럼 울먹이는 목소리로 이 신부가 말했다.

"재욱이가 날 찾아왔어."

용훈은 얼떨떨했다. 재욱이라면 실종되었던 소년 중 아직 발견되지 않은 한 아이의 이름이었다. 용훈은 자신이 수사에 너무 몰입한 나머지 이 신부의 말을 잘못 들은 것은 아닐까 하고 되물었다.

"소재욱이 살아 있다고?"

"응. 분명 재욱이였어. 갠 살아 있어."

충격적인 그 말에 용훈은 얼어붙었다. 하지만 너무 충격적인 말이기에 용훈은 현실적으로 받아들여지지 않았다. 이 신부가 자신을 사제관으로 오게 하려고 무리수 섞인 농담을 하는 것이라고 생각했다. 용훈은 피식 웃으며 말했다.

"야, 아무리 그래도 그렇지. 그런 농담은 하는 게 아니야."

"진지하게 말할게, 용훈아. 정수랑 경윤이를 죽인 범인은 말이야."

"…."

"재욱이야."

늦은 밤, 갑작스레 전화를 걸어 맥락을 알 수 없는 말들을 쏟아내는 이 신부 덕분에 용훈의 정신이 아찔해졌다. 일단은 사제관으로 가는 걸 고민해서 내일 알려주겠다는 말을 남긴 채 용훈은 전화를 다급히 끊어야 했다.

충격적인 소식인 건 명백한 사실이었으나 이는 명확히 이치를 따져봐야 할 일이었다. 생활반응 없이 30년을 실종자 상태로 살아간다는 건 현실성 없는 일이었다. 또한 예전과 다른 이 신부의 병적인 언행은 신뢰하기 어려웠다.

아침이 되고 용훈은 곧장 교구청에 전화를 걸었다. 이 신부 소속의 성당을 말하며 현재 그의 상태를 물었고 요양 상태라는 걸 확인받을 수 있었다. 어디가 어떻게 아픈지는 알 수 없었지만 스트레스가 많은 것은 분명해 보였다.

용훈은 고민에 잠겼다. 말도 안 되는 소리를 하는 이 신부를 무시하자 싶다가도 아무 이유 없이 이런 말을 할 친구가 아니라는 생각도 동시에 든 것이다. 주파수 실종 사건 수사에 있어 일말의 가능성도 무시하지 않던 용훈도 이번만은 난감했다. 이 교도소는 용훈의 일생일대 마지막 기회였다. 신경쇠약자의 말만 믿고 선뜻 나가기에는 아무리 저울질하며 견줘봐도 이치에 맞지 않았던 것이다.

한참을 고민에 잠겨 있던 그때 핸드폰의 문자 수신음이 울렸다. 필수로부터 온 것이었다. 강무소의 카메라에서 김중화로 보이는 남자의 사진을 발견했다는 내용이었다. 용훈은 첨부된 사진을 휴대폰 화면에 크게 띄웠다. 30대 중후반은 되어 보이는 장발의 남자가 동굴을 배경으로 앉아 있었다. 그 사진에는 1992년 5월 11일의 날짜가 찍혀 있었다. 모르는 사람에겐 특별할 거 없는 사진이겠지만, 사진 속 주인공이 김중화라면 용훈에게 있어 굉장히 중요한 사진이었다.

30년 전 일회용 카메라는 지금보다 성능이 떨어질 수밖에 없었다. 게다가 필름 현상도 촬영 이후 30년 만에 된 셈이니 선명한 화질은 기대도 할 수 없었다. 무엇보다 늦은 시각에 해가 잘 안 드는 깊은 산중의 동굴을 촬영한 사진이었다. 용훈은 어둠 속 부옇게 번진 남자의 얼굴을 유심히 봤다. 그리고 동굴 내부에 다른 무언가 단서가 될 만한 것은 없을지도 살폈다.

남자가 앉은 자리보다 더 깊은 동굴 내벽에 작고 동그란 바가지 같은 것이 걸려 있는 듯했다. 사소한 생활 집기도 김중화가 능리산에서 먹고 지냈음을 증명하는 중요한 단서가 될 수 있었다.

사실 용훈은 강무소가 거짓말을 늘어놓는다고 생각해 사진에 큰 기대를 두지 않았다. 단지 밑져야 본전이란 생각에 후배에게 조사를 맡겼던 것인데 뜻밖의 성과가 나왔다. 수사에 진전이 생길 것이라는 생각에 용훈은 잔뜩 고무되었다. 필수에게는 화질 복구 작업을 맡기며 사진을 다시 보낼 때 남자의 얼굴이 최대한 잘 보이게 확대해달라고 답장했다. 그리고 용훈은 서둘러 접견신청서를 작성했다. 면담을 통해 사진 속 남자가 자신이 아니라는 것을 증명하지 못하면 당신을 강력한 용의자로 특정해 보고서를 올리겠다는 내용이었다. 그것은 김중화에게 전달되었다.

그의 답변을 기다리면서 용훈은 저울을 달아봤다. 앞으로 용훈에게 수사가 허락된 시간은 열흘 남짓, 김중화가 접견에 응하면 당연하게도 교도소에 남아 여기서 조사를 마무리할 것이고, 그렇지 않다면 또 다른 일말의 가능성을 찾아 이 신부를 만나러 가야 하지 않을까. 무게 추는 동등한 선상에서 나란히 멈춰 있었다.

그때 접견 담당자가 돌아왔다. 이번에도 어렵겠다는 말을 전달했다. 그럼 이제 교도소 안에서의 수사는 포기한 채 돌아서야 할 것인가. 교도소 내 용의자들의 의심스러운 정황들은 밖에서도 조사를 마무리할 수 있었다. 열흘 정도 남은 시간을 어떻게 쓰는 것이 가장 효율적일지 고민하던 용훈은 어느새 짐을 싸고 있었다. 교도소의 수사를 정리하는 쪽으로 마음이 기운 것이다. 그때였다. 덜컥 문이 열리고 민 교도관이 고개를 내밀었다.

"권 형사님! 2843이요."

"김중화?"

"다시 한답니다, 인터뷰요!"

용훈의 얼굴에 살며시 미소가 어렸다. 그렇다면 고민할 것 없이 여기에 머무는 것으로 마음속 무게 추는 급격히 기울고 있었다.

참회록

마비된 육신에 전기가 오르는 것처럼 거친 파동이 일었다. 시간이 정지된 듯한 이 신부의 몸에 의식과 상관없는 경련이 찾아온 것이다. 형벌이 있다면 바로 이런 것일까. 한동안 제 몸이 아닌 것처럼 제멋대로 전율하는 몸을 고스란히 느껴야 했다.

간질 발작은 스트레스가 극심할 때 찾아오는 증세였다. 사제의 상태가 온전치 않다고 여긴 교구청은 그를 미사에 참여치 않게 했으며 외출도 최대한 자제시켰다. 사람이 오가지 않을 깊은 밤이나 이른 새벽에는 출입 제한이 풀리기도 했지만 그때는 이 신부가 스스로 나가지 않았다.

외부와의 접촉을 한 치도 허용할 수 없다는 듯이, 자기 자신에게 빗장을 걸고 스스로 그 안에서만 안주하려 했다. 스트레스는 항상 외부의 어떤 요인들에서 비롯되기 때문이었다. 이 신부는 사제관에 자유롭게 출입이 허용되는 식복사조차 마주하는 일이 없도록 노력했다.

식복사도 이 신부의 달라진 태도를 인식했다. 이 신부의 청대로, 노크를 하며 소식을 전하던 것마저 하지 않게 되었다. 대신 정해진 시각에 세끼 밥을 차려놓는 것으로 자신의 소임을 다하며 그 일을 마치면 빠르게 사제관을 빠져나갔다. 이 신부가 이다지도 외부와의 접촉을 자제하고 있는 건 스트레스에 취약한 자기 자신 때문이었다. 그러나 그러한 노력에도 불구하고 스트레스로 인해 발생하는 발작 증세는 새벽마다 이어지고 있었다.

신부와 신자 간의 고해라는 거룩한 의식 속에서 이 신부는 거대하고 불편한 진실의 무게에 하염없이 짓눌려 병약해졌다. 만약에 사제가 그 사실을 발설한다면 파면이라는 무서운 결과를 초래했다. 그렇다고 이 사실을 그대로 묵과한다면 이것 또한 죄를 짓는 것이었기에 이 신부는 혼자서 끙끙 앓는 시간을 보내야만 했다.

고해라는 거룩한 의식 속에서 밝혀진 범죄의 사실과 사제로서 반드시 지켜야 할 계율이란 두 가지 선택지에서 과연 무엇이 선일지 고민에 잠긴 것이다. 그러한 갈등의 굴레에 이 신부는 갇혀 있었다. 발설하지 않아야 한다는 것은 사제가 가져야 할 당연한 의무였지만 발설해야만 무사히 돌아오지 못한 학창 시절 친구들의 억울함이 달래질 수 있었다.

이 신부는 두 가지 중 하나를 선택해야 했다. 그래야 이 신부를 옥죄는 심리적인 감옥에서 벗어날 수 있을 것이다. 물리적인 시간은 며칠 흐르지 않았지만 영겁의 시간을 골몰한 것처럼 이 신부는 하루가 달리 날로 피폐해져갔다.

결국 이 신부는 하나의 선택을 했다. 바로 해당 사건을 재수사하는 용훈에게 모든 걸 털어놓기로 한 것이다. 어렵게 용기를 내어 그에게 전화를 걸었다. 절대 전화로 전달할 사안이 아님을 알기에 만나달라고 청했다. 용훈은 자신이 교도소 안에 있으며 밖에 나올 수 없는 처지라고 말했다. 그에게 교도소에서 수사할 수 있도록 주어진 시간이 한 달이었고, 이제 열흘 남짓한 시간만이 남아 있다고 했다. 용훈은 이곳에서 수사를 마무리해야 하기에 나올 수 없다며 일언지하에 거절했다.

이 신부는 그가 그토록 찾아 헤매는 사건의 진실이 여기에 있다는 걸 말해야만 했다. 그래야 그가 자신과 마주하려 올 것만 같았다. 결국 실종된 재욱이 버젓이 살아서 자신을 찾아온 사실을 밝히며 용훈을 부추겼지만 그마저도 그를 움직이는 일엔 실패로 돌아갔다. 이 신부는 얼굴을 보고 밝히려 했던 진실을 우발적으로 털어놓고 말았다. 재욱이가 아이들을 죽인 범인이라고 말이다. 고해의 비밀이란 사제의 신성한 계율과 금기는 그 즉시 산산조각 났다.

이 신부는 그렇게 자신의 패를 모조리 까발렸다. 그럼에도 용훈은 찾아오지 않겠다고 말했다. 이 신부의 말을 아직 믿지 않는 것만 같았다. 그 후 이 신부는 한동안 잠잠했던 발작을 다시 마주하게 되었다. 고해의 비밀을 털어놓아버린 일은 감당하기에 벅찬 고해의 진실을 들었을 때보다 더 큰 마음의 짐을 지는 일이었다. 사제로서 지나치게 큰 죄를 진 죄인이 된 것이다.

식복사는 자기가 차려놓았던 밥상이 번번이 그대로 있는 것을 알았다. 그것이 한두 번 정도에서 그칠 일이었다면 그런대로 넘길 수 있었지만 그 후로도 거듭되어갈 땐 간과할 수 없었다. 곧장 교구청에 이 사실이 전달되었고 그 후로 이 신부는 가톨릭 산하 요양병원에 입원하게 되었다.

강제 입원을 하고 나서도 이 신부는 보호사가 있는 앞에서만 몇 술 뜨는 척할 뿐 입에 넣은 음식을 다 삼키지도 못했다. 용훈에게 고해의 비밀을 충동적으로 털어놓은 후로 이 신부는 밥을 씹어 삼키는 것도 죄악으로 여겨져 곡기를 끊다시피 했다.

병원에서 제공한 수액을 통해 영양이 보충되면서 파리했던 인상에 겨우 생기가 돋아나기 시작했다. 사제관에서 벗어나

병실에 머무는 기간 동안 발작도 찾아오지 않았다. 결국 이 신부는 입원한 지 일주일 만에 퇴원할 수 있었다.

집으로 돌아온 이 신부는 먼저 집 안을 청소했다. 그간의 묵은 갈등을 이제는 털어내고 싶었다. 깨끗해지는 방처럼 이 신부의 마음도 점점 정갈해지는 기분이었다. 늦은 오후부터 시작된 청소는 밤이 되어서야 끝났다.

식복사가 차려놓은 저녁 식사까지 말끔히 먹어치운 이 신부는 이제야 거실 소파에 앉았다. 테이블엔 뜯지 않은 우편물들이 제법 쌓여 있었다. 교구청에서 보내온 것들과 청구서들이었다. 그런 것들을 지나 이 신부는 아무것도 적혀 있지 않은 빈 봉투를 발견했다. 아니, 정확히는 받는 사람 이름만 비워진 편지였다. 보낸 사람 이름에는 S라고 적혀 있었다. 이 신부는 곧장 그 편지를 뜯어봤다.

이스테파노 신부님.

그보다 내 소중한 친구 성준아.

하나만 부탁할게. 내가 고해한 것들을 반드시 비밀로 해줘.

한순간도 그들은 너와 친구인 적이 없었어. 이용했을 뿐이니까.

그들은 죽어 마땅한 악마였으니 괜한 생각은 하지 마.

그리고 반드시 기억해. 너의 진실한 친구는 바로 나 하나였다는 걸.

- S

익숙한 필체와 내용, 그리고 소 씨라는 성씨를 상징할 S라는 이니셜까지 이 편지를 보낸 이는 분명 재욱일 것이었다.

'넌 해치지 않을 거야.'

편지를 보자마자 그 말이 이 신부의 머릿속을 다시금 가득 채웠다. 이 신부는 그 즉시 자신의 온몸을 껴안듯이 두 손으로 꽉 잡았다. 갑작스러운 감정의 파문으로 발작이 일어날 것을 막기 위한 일이었다. 고해의 진실을 제삼자에게 털어놓은 일은 이미 주워 담을 수 없었다. 재욱과의 약속은 지켜질 수 없게 된 것이다.

한동안 그 일로 사제로서 큰 죄를 지은 것만 같은 죄책감 속에 살아야 했다. 그런데 비밀을 지키라고 당부하는 고해 당사자 재욱의 편지를 보고 있노라니 마치 비밀을 털어놓은 일을 그가 꾸짖는 것처럼 들렸다.

그날 새벽, 이 신부는 발작 속에서 깨어났다. 재욱의 편지가 도화선이 되어 요 며칠 잠잠했던 증세가 다시 재발한 것만 같았다. 두꺼운 바늘이 온몸을 한꺼번에 찌르는 것 같은 고통이 수반되었다. 발작이 지나간 후엔 죽음 같은 고요 속에 통증도 함께 잦아들었다.

그때였다. 갸르릉, 갸릉 고양이의 울음소리가 들렸다. 성당 마당을 떠돌아다니던 고양이를 소녀가 데리고 간 뒤부터 그 소리는 잠잠했다. 그러나 어쩐 일인지 그 울음이 다시 들려온 것이다. 부스스 자리를 털고 일어난 이 신부는 곧장 현관으로 나갔다. 그리고 얄궂은 울음소리를 들으며 고양이를 찾아 헤맸다.

마당을 한참 서성이고 있을 때였다. 화단 쪽으로 유유히 사라지는 고양이가 멀리 가로등 불빛에 의해 그림자로 보였다. 고양이는 작은 초목에 가려 보이지 않았지만 그림자는 분명했다. 이 신부는 홀린 사람처럼 그림자를 좇았다.

그리고 마침내 성당 뒤편에 난 작은 텃밭에서 그림자의 주인공과 마주하게 되었다. 한때 성당을 떠돌던 그 고양이가 맞았다. 고양이는 한 나무 앞에 앉아 있었다. 이 신부가 곁에 다가가 낮은 자세로 앉아도 고양이는 미동 없이 그 자리 그대로 있었다.

"나비야, 이리 온. 나랑 같이 가자."

부드러운 목소리로 달래듯 나직이 말하며 천천히 고양이에게 손을 뻗었다. 그러나 손길이 닿으려 하자 그 즉시 고양이는 튕겨 나가듯 도망쳤다. 이 신부는 곧장 좇아가려 했으나 고양이가 앉았던 뒷자리에 홈이 팬 것이 더 눈에 들어왔다. 나무 앞은 온통 땅이 패어 있었다. 고양이가 파헤쳐놓은 것이었다. 이 신부는 그 자리가 낯설지 않았다. 일전에 그곳에 무언가를 묻었기에 그렇다. 파헤쳐진 땅속에 있는 것은 지난날 소녀가 줬던 대마였다. 마치 소녀의 전령이라도 된다는 듯 고양이가 자신을 이곳으로 이끈 것이다.

그때의 이 신부는 소녀가 건넨 대마가 사탄의 유혹이나 악령 같은 것이라고 생각했다. 사제관으로 돌아가는 길에 쓰레기통에 함부로 버려 누군가에게 쉬이 발각되게 할 수 없었다. 그리하여 그것을 땅에 파묻는 선택을 한 것이다.

그런데 이렇게 고양이를 쫓다가 엉뚱하게 그것과 다시 만나게 될 줄은 몰랐다. 이 신부는 어쩌면 이것이 신의 뜻일지 모르겠다는 생각이 들었다. 사제관으로 돌아온 이 신부는 그것을 두 동강으로 쪼갰다. 그리고 종이에 이파리를 넣고 돌돌 말았다. 40년 넘는 세월 동안 담배 한번 입에 대본 적 없었던 그는 운명의 끌림처럼 그것을 입에 물었다. 그리고 곧장 불을 붙였다.

들숨과 함께 깊게 빨아들여 날숨과 함께 뱉어냈다. 처음에는 목을 강타하는 쓴맛에 수차례 기침을 내뱉었다. 그러나 점차 하얗게 차오르는 연기가 방 안을 가득 메우자 기분 좋은 포근함이 느껴졌다. 나른한 기운 속에서 붕 떠오르는 상기된 느낌은 아이러니하면서도 묘한 쾌감을 줬다.

그 순간 이 신부는 살면서 한 번도 느껴본 적 없는 감정을 느꼈다. 지금까지 이 신부는 살면서 차곡차곡 쌓이는 죄악들로 자신을 짓누르며 살아야 했다. 그것은 억압이 되어 있었다. 그 억압은 중력처럼 절대 벗어날 수 없는 것이며 세포같이 한 인간을 이루는 것이었다. 그런데 그것이 한순간에 사라지며 무중력상태가 되는 것 같았다. 이 신부는 더 이상 이 신부가 아닌, 자유 그 자체의 존재로 탈바꿈해 있었다.

살면서 한 번도 느껴본 적 없던, 처음 마주한 자유에 이 신부는 어린아이처럼 해맑게 미소 지었다. 그는 지금 사제관에 있지 않았다. 비록 육신은 그곳에 묶여 있는지 모르나 영혼은 창공을 가르는 새처럼 허공을 유유히 떠돌고 있었다. 한계를 규정지을 수 없는 공기 같은 존재가 되어 있었다.

트리거

용훈은 여느 때와 달리 긴장을 털어내듯 다리를 떨고 있었다. 강무소가 제공한 사진을 통해 김중화를 강력한 용의자로 회부할 수 있는 기회가 열렸기 때문이다. 하지만 이럴수록 신중해야 했다. 후배 필수에게 부탁해 해당 사진을 국과수에 화질 복구와 정밀 분석을 맡겼다. 그리고 화소가 깨지지 않는 선에서 최대한 확대한 사진을 등기우편으로 받기로 되어 있었다.

그때 멀리서부터 교도소 복도를 울리는 발걸음 소리가 들렸다. 그 소리에 자세를 바로잡던 용훈은 문이 열리고 들어오는 김중화와 마주했다. 용훈은 일어나 넙죽 인사를 올렸다. 김중화는 용훈에게 시선을 떼지 않은 채 자리로 다가와 앉으며 말했다.

"그렇게도 내가 보고 싶으셨다고?"

"김중화 씨, 반갑습니다."

"듣자 하니 재미난 사진이 있다고 해서 왔습니다."

용훈은 곧장 인쇄된 사진을 내밀었다. 괜한 것에 시간을 지체하기보다 조속히 진위 여부를 파악하고 싶었다. 사진을 골똘히 살피는 김중화를 보며 용훈이 물었다.

"사진에 호기심이 생기셨나봅니다. 이번 면담에는 응하신 걸 보면?"

"…"

"과거엔 장발이셨네요?"

"…"

"김중화 씨, 젊은 시절 모습 보시니 어떻습니까?"

"이게 내가 확실한가? 나는 잘 모르겠네."

"능리산에 잠시 거주했던 사실은 있지요?"

"…"

중화는 불리한 진술 앞에서는 모른다거나 묵묵부답으로 잡아떼고 있었다. 그의 표정에는 무언가를 감추려는 기색이 역력했다. 사건이 있던 무렵 능리산에서 지낸 사실이 인정되면 불리하기 때문에 그럴 수도 있겠다고 용훈은 생각했다. 일단 후퇴하기로 하며 다른 질문을 던졌다.

"능리산에서 애들 유골 나온 거 알고 계시죠?"

"그거야 세상 사람 다 아는 걸."

"주파수 실종 사건, 범인이 누굴 것 같으세요?"

김중화의 표정이 일그러졌다. 용훈은 미세하게 변하는 그의 표정을 읽었다. 필시 해당 질문에 어떤 감정적인 파문이 온 것이다. 용훈은 아무것도 아니라는 식으로 다음 대화를 이어갔다.

"의례적인 겁니다. 3차 인터뷰 대상자 모두에게 같은 질문을 했어요."

"범인은 마을 지리를 잘 아는 사람이겠지. 시신을 완벽히 숨긴 게 살인을 한두 번 해본 솜씨가 아니야. 강무소 같은 연쇄살인범 소행일 수도 있고."

김중화를 강력한 용의자로 몰고 있는 건 바로 강무소였다. 그런데 이번 면담에 김중화는 반대로 강무소 같은 부류가 범행을 저질렀을 거라고 유추하고 있었다. 용훈은 그의 대답을 통해 중화 역시 무소에게 앙금이 남은 걸 알 수 있었다. 어차피 강무소와의 관계에 대해 물어야 했으니 그의 답변에 자연스럽게 엮어 들어가기로 했다.

"사실혼 관계에 있던 이옥정 씨 사망 사건에 용의자로 몰린 적이 있으시던데요?"

"그건 그 여자 망나니 아들 녀석 짓이지. 제 엄마 죽인 죄를 나에게 덮어씌우려는 작전이 먹히지 않으니까 집요하게 나를 괴롭혔어. 교도소에서도 말이야."

뜻밖의 대답이었다. 당천 부녀자 사망 사건에서 한 번도 용의자로 거론된 적 없는 존재가 바로 강무소였다. 사건이 있을 당시엔 지극히 가련한 피해 유가족의 신분일지 모르나 그가 연쇄살인범으로 탈바꿈해버린 현재에 비춰 다시 본다면 김중화의 주장도 어느 정도 일리가 있어 보였다. 용훈은 김중화가 강무소를 자신의 아들로 인정하는지가 궁금했다. 정확히는 그 사실이 현재 녹음되는 파일에 남길 원하며 물었다.

"김중화 씨 아들은 어떤 사람입니까?"

"불쌍한 사람… 그리운 사람…."

그에게서 뜻밖의 대답이 나왔다. 김중화의 가족관계증명서를 떼어 봤을 때 짧은 결혼 생활 이후 이혼한 여자가 있었고, 둘 사이에 자식은 없었다. 그리고 다음으로 이옥정과 동거를 할 때는 전남편 사이에 낳은 그녀의 아들 강무소가 전부였다. 김중화에게 있어 유일한 자식이라면 강무소밖에 없다는 결론이었다. 강무소는 김중화를 새아버지로 인정하지 않았다. 그런데 김중화는 강무소를 뜻밖의 따스한 감정으로 정의 내리고 있었다.

"강무소를 아들로 인정하시나요?"

"한 번이라도 맺어진 인연이라면 그렇지 않은가. 지금은 남보다 못한 사이래도."

주파수 실종 사건의 범인으로 가장 유력시되는 김중화와 강무소는 애초 당천 부녀자 사망 사건으로도 엮여 있었다. 그리고 서로가 서로를 범인으로 몰아세우고 있는 실정이었다. 주파수 실종 사건은 공소시효가 끝났지만, 당천 부녀자 사망 사건은 태완이법이 적용되어 공소시효가 소멸하지 않았다. 용훈은 그와 같은 사실을 김중화에게 말해줬다. 그에게서 감정적 파문이 일어나는지 확인하기 위해서였다. 하지만 그는 어떤 표정의 변화도 보이지 않았다. 용훈은 조금 더 대화를 이어나가기로 하며 질문을 던졌다.

"주파수 실종 사건이 일어나고 급히 마을을 떠난 이유가 궁금합니다."

"애들 실종되고 얼마 지나지 않아서 마을 사람들이 대대적으로 용의자로 색출되었어. 낮에 산에 오른 사람 전부가 요주의 인물이 되었지. 나물을 캐거나 사냥을 하는 것도, 평소라면 문제 되지 않을 일들인데 그걸로 의심 받았어. 특히 난 전과가 있었기 때문에 그들의 표적이 되기 쉬웠지. 단지 그래서야. 그거뿐이야."

용훈은 그에게 궁금했던 것들을 다 물어봤다. 아직 석연치 않은 것들이 남았지만 그런 것들은 국과수 분석으로 확실한 증거가 나올 때 확인해보면 될 일이었다. 사진 분석 결과가 나오면 다시 만나기를 약속하고 중화와 일별하려 할 때였다.

"나머지 아이는 어떻게 되었는지 아직 모르나?"

"무슨 말씀이시죠?"

"실종된 아이들 중 발견되지 않은 아이 말이오. 살았는가?
죽었는가?"

김중화는 실종된 소재욱에 대해 물어봤다. 일전에도 실종된
아이에 관심을 보였는데, 어째서일까. 의아함을 뒤로한 채 용
훈은 아직 밝혀진 바 없다고 대답했다. 이 신부로부터 재욱이
살아 있다는 말도 안 되는 얘기를 전해들은 적은 있지만 이는
사실 확인이 되지 않았기에 저렇게 대답할 수밖에 없었다. 면
담을 마치며 용훈은 그간 수많은 인터뷰에서 재소자들이 김
중화에게 공통적으로 보인 반응에 대해 물어보기로 했다.

"마지막으로 하나만 묻겠습니다. 재소자들이 왜 김중화 씨
를 두려워할까요?"

"…."

"그리고 왜 범인으로 의심할까요?"

"그랬나? 사람들은 원체 단순해. 강무소와 원한 관계에 있
으면서 나한테 불만 있는 자들이 많이 생겼거든. 내가 인주시
출신이라니까 다들 엮고 싶었던 모양이지."

이제는 보고서 작업에 나서야 했다. 용훈은 김중화와 강무
소를 강력한 용의자로 보고 있었다. 두 사람 중에 한 사람을

확정 짓기에 앞서 교도소 내에서 서열 관계를 파악하는 것이 중요했다. 실종된 소년들을 찾는 데 결정적 역할을 한 편지를 보낸 것은 강무소였지만, 송인구가 이희수를 피습하도록 사주한 인물이 누구인지는 아직 분명하지 않았다. 다만 7사동을 장악해 이곳을 무법 지대로 만드는 서열 1순위의 존재는 확실해 보였다.

편지를 보냈던 재소자가 자살했다는 전제로 출발했지만 타살되었을 가능성도 있었다. 그렇다면 강무소가 범인으로 유력해지지만 모든 정황들은 김중화와 물려 있었다. 그 순간 용훈은 잔뜩 겁에 질린 채 누군가의 지시에 재소자를 찔렀을 뿐이라고 했던 송인구를 떠올렸다. 그가 그토록 발설하지 못하고 무서워했던 그 사람이 범인일 가능성은 없을까. 용훈은 사진의 정밀 분석 결과를 기다리며 그 사람을 찾아내야 했다. 얼마 남지 않은 시간, 용훈은 그들과의 최종 인터뷰를 예정했다.

"7사동에 숨은 대빵이 있다? 그 사람이 이희수를 죽이라 시켰다? 송인구가 그런 말을 해? 그래서 누굴 말했어?"

박충기가 실소를 터뜨리며 물었다. 그의 질문에 용훈이 대답했다.

"그냥 사방팔방 눈치만 보면서 찍소리 못 하던데…."

"아마 송인구는 그 작자한테 죽을까봐 그러는 것 같아. 일전에 무슨 일이 있기도 했고."

"무슨 일?"

"원래 송인구는 세탁 노역이 아니라 재봉 노역이었는데…."

그 후 박충기는 송인구가 재봉 노역을 하러 갔을 때 있었던 일화를 털어놓았다. 어느 날 송인구가 재봉실에서 앞치마를 박음질하고 있을 때였다. 집중한 나머지 옆자리에 있던 강무소의 팔꿈치를 툭 건드리는 실수를 저질렀고, 그 바람에 재봉틀 바늘이 강무소의 손가락을 관통하게 되었다.

고통에 괴성을 지르는 것도 잠시, 부지불식간에 강무소는 송인구를 피떡이 될 정도로 패버렸다. 주로 얼굴과 머리를 향한 무차별 폭행이었다. 그 자리를 지키고 있던 교도관들조차 미친개처럼 발악하는 무소를 차마 저지할 수 없었다고 했다. 재소자들과 교도관들 모두가 겁에 질려 있자 말려줄 사람들이 없는 곳에서 송인구는 속수무책으로 당할 수밖에 없었다. 그러던 그때 한편에서 묵묵히 재봉 노역을 하던 김중화가 저벅저벅 다가왔다.

"시끄럽게 굴지 말고, 그만하지?"

"노인네, 저승 가고 싶어 발악하네. 내가 도와줘?"

김중화가 강무소를 도발했다. 죽기 직전으로 얻어터지던 송인구는 그들의 실랑이를 기회로 삼아 구석으로 도망칠 수 있었다. 강무소는 백발성성한 노인네를 무시하듯 노려보며 한쪽 입꼬리를 올린 채 곧장 그의 멱살을 쥐려 했다. 그때 김중화가 한 박자 빨리 강무소의 멱살을 쥐고는 벽에 내몰았다.

강무소는 저항하지 못한 채 허공에 발을 동동거리며 시뻘게진 얼굴로 켁켁거릴 뿐이었다. 일순간에 노인에게 제압당한 꼴은 비참했다. 김중화의 활약에 그 안에 있던 모든 사람들이 감탄하며 넋을 놓고 봤다.

특히 방금 전까지 강무소에게 맞아 죽을 위기에 처했던 송인구는 김중화를 존경 어린 시선으로 바라보고 있었다. 그 순간 김중화는 그에게 영웅이나 다름없었다. 김중화에게 멱을 들린 강무소는 거의 숨이 넘어갈 지경이었다. 기절하다시피 고개가 꺾이자 김중화는 강무소를 바닥에 패대기쳤다.

김중화는 교도소 내 서열 1위를 자랑하던 강무소를 완벽하게 정리했다. 그렇게 돌아서 자신의 자리로 가려는데 어느새 의식을 회복한 강무소가 사력을 다해 일어났다. 그는 김중화의 뒤통수를 노려보며 재봉틀을 들고 쫓아갔다.

재봉틀이 머리에 내려쳐질 위기였으나 김중화는 마치 뒤쪽에도 눈이 달린 사람처럼 공격이 일어날 찰나에 곧장 돌아서 강무소의 복부를 발로 차버렸다. 나동그라진 재봉틀에 발이 깔리는 사고까지 당하며 강무소는 김중화에게 완전히 무릎을 꿇게 되었다. 박충기는 그날의 소회를 다소 흥분된 목소리로 전달하고 있었다.

"정신없이 날뛰는 미친개를, 마개비들도 진정시키지 못했는데 그 어르신이 한순간에 제압하더라고. 강무소가 자기 연쇄살인범이라고 가오 꽤나 잡고 다녔거든. 모두가 자기를 무서워한다고 오만방자했어. 근데 한순간에 빙다리 된 거지. 자기는 연장질이나 해서 사람 죽인 거지만 어르신은 온전히 당신 힘만으로 젊은 연쇄살인범을 단숨에 제압한 거니까 아주 천지 차이지. 연쇄살인은 강무소가 했는지 몰라도 그 미친놈을 힘과 기로 눌러 제압하고 이긴 건 바로 그 어르신이야. 그러니까 송인구가 가장 두려워하는 사람은 강무소인데, 그 강무소를 이긴 사람이 어르신이고, 그렇게 따져보면 여기 가장 실세가 누구겠어? 어르신이지."

박충기가 들려준 일화는 실로 재미난 것이었다. 용훈은 둘의 관계에 좀 더 흥미를 가지게 되었다. 그리고 용의자로 점점 한 사람에게 마음이 기울고 있었다.

다음으로 만난 건 바로 용훈의 머리를 후려친 송인구였다. 고개를 푹 숙인 그는 죄인처럼 앉아 있었다. 이전과는 달리 수갑뿐 아니라 허리춤 결박과 족쇄까지 채워진 꼴이었다. 용훈은 아무 말도 없이 송인구를 넌지시 바라봤다. 그러자 지레 겁먹은 그가 불쑥 머리를 조아리며 말했다.

"지난번 일은 정말 죄송합니다. 형사님, 제가 죽을죄를 지었습니다."

"그럼 바른대로 말만 해. 재봉실에서 있었던 일도 다 알고 왔어. 강무소한테 공격당할 때, 구해준 사람이 있지?"

"땡중 할배."

"내 뒤통수 때리던 그날 창밖에서 누가 그쪽 쳐다본 거야?"

송인구는 전처럼 난감한 얼굴로 꿀 먹은 벙어리가 되었다. 그러자 용훈은 애써 참았던 인내가 무너지며 손을 번쩍 들어 위협했다.

"말 안 해? 새끼야!"

"…."

"그 사람이 장규석 피습하라고 지시한 사람이지?"

송인구는 잔뜩 겁에 질린 채 고개를 끄덕였다. 그래, 그런 답변이라도 좋다. 용훈은 그 모습에 더 채근하듯 물었다.

"강무소야?"

"…."

"그럼, 김중화?"

"…."

역시 아무 말 못 하던 송인구는 눈물만 뚝뚝 흘리고 있었다. 그런 송인구를 향해 주먹을 뻗던 용훈은 이내 다 부질없다는 생각에 허무한 한숨과 함께 맥없이 손을 내리고 말았다. 용훈은 송인구를 물리고 이번에는 노지혁과 마주 앉았다.

"무소 형님은 주파수 실종 사건을 자기가 했다고 자랑했어. 근데 재봉실에서 땡중한테 그리 당하고는 땡중이 찐이고 강무소가 짭이라는 말이 돌아서 크게 불쾌해했고."

"그럼 노지혁 넌 어때? 김중화가 찐 같아?"

"글쎄, 무소 형님은 거짓말을 참 잘하는 사람이고 땡중은 진실성이 있지."

"부자지간이 뭐 이리 상극인지."

용훈은 수첩에 적힌 강무소와 김중화의 이름에 과하게 동그라미를 치며 혼잣말했다. 그때 노지혁이 뭔가를 아는 듯이 말했다.

"듣자 하니 아들이 하나 있다고는 하던데."

"그래, 강무소. 재소자들은 둘이 어떤 사이인지 아직 잘 모르나?"

용훈의 말을 들은 노지혁이 영문을 모르겠다는 얼굴로 반문했다.

"아니, 땡중 할배 아들 얘기하는데 강무소가 왜 나와?"

용훈의 표정이 심상치 않아졌다. 잠시나 새아버지와 아들로 엮였던 김중화와 강무소의 관계를 말한 줄 알았는데 노지혁은 그 사실을 전혀 모르고 있는 듯했다. 그렇다면 김중화에게 강무소 외에 또 다른 아들이 있다는 얘기였다. 하지만 김중화의 가족관계증명서를 떼어 봤을 때 그에게 다른 자녀는 없었다. 금시초문에 적잖이 놀란 용훈은 노지혁에게 되물었다.

"뭐? 김중화한테 다른 아들이 있다고?"

"아니, 강무소 형님이 땡중 할배랑 어쨌다고?"

"그건 네가 알 거 없고, 방금 말한 아들 얘기 자세히 해봐. 너 그거 확실한 거야?"

"나도 소문으로 들은 거라 확실한 건 아니고, 그냥 그런 얘기가 있다는 거지."

노지혁에게 들은 새로운 소식에 놀랄 틈도 없이, 용훈은 그날 저녁 민 교도관이 가져온 국과수 우편물을 보며 더 큰 충격에 빠졌다. 최대한 확대된 사진은 산속 동굴에 기거했던 젊은 시절의 김중화를 분명히 보여주는 한편, 동굴 깊은 곳의 벽에 걸린 바가지 같은 것이 실은 한 아이의 얼굴을 드러내고 있었기 때문이다.

사라진 소녀

소녀가 사라졌다. 저녁 일곱 시 일요일 미사를 보고 여덟 시 반쯤, 대로 횡단보도에 홀로 서 있는 것이 목격된 것을 끝으로 소녀는 감쪽같이 사라졌다. 그 무렵 핸드폰도 꺼져버렸다. 소녀의 행방이 묘연해진 지 벌써 사흘째였다.

외조부모가 성당에 찾아와 젬마의 행방을 물어보면서 이 신부도 소녀의 실종을 알게 되었다. 사무직원에게 물어본 그 일이 수녀와 사제로 이어져 결국 신자들에게까지 삽시간에 소문이 퍼졌다. 작은 마을은 한 소녀의 실종으로 온통 어수선해졌다.

이 신부는 소녀를 재욱이 납치했다고 확신했다. 미사와 고해성사를 집전하지 않게 된 이후 이 신부는 의문의 편지를 받았다. 이름을 밝히지 않은, 이니셜 S로부터 받은 편지는 한 통이 아니었다. 처음의 편지에는 고해의 비밀을 지켜달라는 내용이 담겨 있었다. 그리고 차후에 받은 편지에는 친구로서 평생을 함께하자거나, 이 신부의 안전을 위해 언제 어디서나 지켜보고 있겠다는 내용이 담겨 있었다.

그러한 내용들은 심약한 이 신부를 옥죄었다. 그 후에 오는 편지들은 읽지 않고 버렸다. 그럼에도 계속되는 편지는 어디선가 지켜보겠다는 이전 편지의 내용을 떠올리게 했다. 이 신부는 마당 한편에서 편지들에 불을 붙여 보란 듯이 태우기도 했다. 이 신부의 강경한 노력 덕분인지 편지가 오는 횟수는 차츰 줄더니 결국엔 오지 않게 되었다.

비록 초대 신부에게 미사 집전을 부탁해 성당의 전반적인 업무에선 배제된 상황이었지만, 차츰 병세가 호전되면서는 신자들에게 배웅 인사 정도는 할 수 있게 되었다. 그날 이 신부는 소녀에게도 인사를 건넸다.

"신부님, 아프신 건 어떠세요?"

"응, 많이 좋아졌어."

"제가 지난번 드린 신비의 식물은 어떠셨어요? 약효를 좀 보셨나요?"

대마를 말하는 것이었다. 이 신부는 차마 소녀가 건넨 그 마약성 식물에 대해 좋았다고 말할 수 없었다. 그저 침묵으로, 하지만 불편한 심경을 드러내듯 원망하는 눈빛으로 소녀를 바라봤다. 그러나 소녀는 아랑곳없이 말했다.

"지난번 말씀드린 제 아지트요. 산에 있어요. 이건 비밀인데, 거기에서 몰래 신비의 식물을 재배하고 있거든요. 이젠 구하려고 거짓말할 필요도 없어요. 거기에서 길고양이도 한 마리 키웠는데 금세 탈출해버렸어요."

이 신부는 소녀에게 아무 말도 하지 않았다. 어린 소녀가 산속에서 홀로 마약성 식물을 기른다니 말도 안 되는 소리였다. 어떻게 말해야 마음에 상처를 주지 않고도 올바른 길로 소녀를 선도할 수 있을지 이 신부는 고민에 잠겼다. 그때 소녀가 나직이 속삭이듯 말했다.

"그거 필요하시면 제가 얼마든지…."

"젬마야, 나는 못 들은 걸로 할게. 그리고 앞으로 이런 거짓말은 하지 말자."

"저는 혹시 신부님이 더 필요하실까 하고… 죄송합니다."

소녀는 달음박질쳤다. 그것이 젬마의 마지막 모습이었다. 그 이후 소녀가 사라진 것이다. 그날 이 신부는 소녀와 마지막 인사를 하고 사제관으로 돌아왔다. 성무일도를 마치고 핸드폰을 확인했을 때 낯선 번호로부터 부재중 전화가 열한 통 와 있었다.

익명의 편지를 거부하는 것처럼 처음 보는 번호를 마주할 때면 당연하게도 전화를 받지 않았다. 일전에도 걸려온 적이 있지만 이 신부가 무시했던 낯선 번호였다. 그러자 낯선 번호는 도발을 시작했다. 계속 문자를 보내기 시작한 것이다.

· 그날 우리의 동맹을 벌써 잊은 거야?

· 성준이는 원래 착한 아이였는데 왜 이렇게 달라진 거야?

· 이성준 스테파노 신부님, 생명의 은인에게 이러시면 안 되죠.

· 나 재욱이야. 자꾸 이렇게 나올래?

· 전화를 받지 않는다면 그 아이는 죽어!

낯선 번호의 주인공은 재욱이었다. 그간 그는 고해소 장막 너머에 얼굴 없는 남자로 존재하거나, 익명의 편지로 자신의 존재를 간접적으로 드러낼 뿐이었다. 그랬던 그가 이제 '재욱'이라는 이름을 밝히며 자기의 존재를 명확히 알리고 있었다. 그가 말하는 그날의 동맹이 무엇인지 이 신부는 기억하지 못했다. 자신을 옥죄어오는 과거의 약속에 이 신부는 몸서리를 쳤다.

이 신부는 재욱의 문자를 그대로 용훈에게 전하고자 했다. 그가 자신의 실체를 드러낸 명백한 증거였기 때문이다. 그러나 연이은 협박성 문자에 이 신부는 이성을 유지하기가 어려

윴다. 끊이지 않는 편지의 악몽이 또다시 계속될 것만 같아 견딜 수가 없었다.

두려움에 바들바들 온몸을 떨던 이 신부는 그 번호를 차단했다. 그런데 문제는 번호를 차단하면서 수신된 문자들까지 자동으로 삭제되었다는 것이다. 삭제된 데이터는 복구되지 않았다. 텅 빈 문자를 보며 이 신부는 완벽한 증거를 잃었음에 아득해졌다. 결국 그가 할 수 있는 일은 아무것도 없었다.

이 신부는 그 문자가 괜한 겁박이려니 생각하며 잊으려고 노력했다. 그런데 번호를 차단하고 사흘 뒤 소녀의 외조부모가 찾아와 아이의 행방불명을 알린 것이다. 이 신부는 재욱이 보낸 문자의 내용이 현실이 되어버리자 두려워졌다. 그리고 이번만큼은 30년 전 친구들을 힘없이 잃었을 때처럼 그 소녀를 잃고 싶지 않았다. 반드시 지켜주고 싶었다.

이 신부는 두렵지만 그와 맞서기로 마음먹었다. 그러한 결심이 서자 지난날의 고해를 핸드폰으로 녹음했던 것이 떠올랐다. 아무것도 할 수 없다고 생각했는데 실은 할 수 있는 일을 애써 외면했던 것이다. 그간 사제의 의무 뒤에 숨어 사건에 적극적으로 나서지 않은 것은 비겁한 일이었다. 이제 이 신부는 사제를 그만두는 일이 있어도 정의를 실현하는 것이 우선이라고 여기게 되었다.

고해의 내용이 녹음된 핸드폰을 경찰서에 가져가야겠다는

생각이 든 즉시 이 신부는 곧장 사제관 밖으로 나왔다. 그런데 문을 여는 동시에 그만 주저앉고 말았다. 사제관 앞이 온통 피범벅이었다. 고양이가 처참하게 훼손된 채 죽어 있었다.

끔찍한 고양이 사체 주변으로 잿더미가 흩뿌려진 걸 확인할 수 있었다. 잿더미 속에 타다 만 종잇조각 같은 것이 섞여 있었다. 지난날 이 신부가 편지를 태우고 남은 잿더미였다. 그런데 살펴보니 일정한 간격으로 뿌려진 잿더미가 어딘가로 이어져 마치 길을 안내하는 듯했다. 이 신부는 그것이 누구의 소행인지 알 것 같았다.

재욱과 맞서기로 한 지금, 여기서 무너질 수는 없었다. 결국 자리를 털고 일어난 이 신부는 뿌려진 잿더미를 쫓아서 걷고 또 걸었다. 처음에는 주저하며 옮기던 발걸음이었지만 차츰 속도가 붙었다. 그렇게 한동안 흔적들을 쫓아가고 있었다.

살의의 탄생

다음 날 오후, 김중화는 또다시 소환되어 있었다. 그러나 이번에는 전날의 당당한 기색이 온데간데없이 사라져 있었다. 그는 당황한 기색으로 하얗게 질려 있었다. 접견 테이블에 놓인 현현한 실체 앞에 김중화는 얼어붙었다.

"요즘 과학기술 아주 좋아졌어요. 확대해도 사진이 아주 선명하죠?"

"…."

"30년 전 그날 누구랑 같이 있었습니까?"

"…."

"아직도 지켜야 할 게 많으신가봐요? 그러실 줄 알고 전 부인의 가족관계증명서까지 떼어 봤습니다. 그랬더니 아주 놀라운 사실이 있더라고요."

사색으로 굳은 김중화를 보며 용훈은 피식 웃음이 나왔다. 이미 승기는 용훈에게 기울어져 있었다. 용훈은 말로 하는 대신 해당 가족관계증명서를 그에게 건네줬다. 그것을 들고 바라보는 김중화의 손이 바르르 떨렸다.

"다시 물을게요. 30년 전 그날 누구랑 있었습니까?"

"…제 아들입니다."

오랜 침묵 끝에 김중화는 체념한 듯 대답했다.

"30년 전 실종된 그 아이, 김중화 씨의 친아들이 맞죠?"

"김재욱이."

김중화는 소재욱의 이름에 자신의 성을 붙여 김재욱으로 불렀다. 드디어 김중화가 재욱을 자신의 친아들로 인정하는 순간이었다. 상황이 극명해진 건 재욱의 가족관계증명서를 떼면서부터였다. 30년 전 김중화의 동굴 사진에서 용훈은 익숙한 소년의 얼굴을 발견했고, 곧바로 말소된 재욱의 가족관계증명서를 발급했다. 그리고 모친의 이름을 확인하면서 사건의 실마리가 풀리기 시작했다. 김중화의 상세 가족관계증명서에서 공통된 이름이 발견된 것이다. 현지은. 그녀는 실종된 소년 재욱의 어머니인 동시에 김중화의 전 부인이었다.

용훈은 과거 현지은을 만난 적이 있었다. 주파수 실종 사건의 수사를 담당하기 시작하면서 실종 소년들의 사진 자료를 모으던 때였다. 보통 본격적인 조사에 앞서서 수상한 기미가 보이지 않는 이상 피해 가족의 이름을 유의 깊게 살피지는 않았다. 그것이 이 사건에서 용훈이 놓친 핵심적인 열쇠였다. 김중화와 현지은의 관계를 알게 된 용훈은 필수에게 그녀에 대한 조사를 부탁했다. 현지은은 재욱이 재혼한 남편과의 사이에서 낳은 아이라고 잡아뗐지만, 김중화의 동굴에서 촬영된 재욱의 사진을 증거로 내밀자 결국 모든 진실을 순순히 털어놓았다.

사실 그녀는 김중화와의 사이에서 아이를 가졌다. 그러나 임신 중에도 폭행 시비로 유치장을 드나드는 불안정한 남편 대신 안락한 가정을 내어줄 새로운 사람을 찾아야만 했다. 김중화와 갈라선 현지은은 금방 새로운 남자를 만날 수 있었다. 다행히 그는 친아들이 아닌 것을 알면서도 재욱을 자신의 호적에 올려주고 아이에게 새로운 성을 부여해줬다.

그러나 영원한 비밀은 없었다. 재욱이 걸음마를 뗄 무렵, 김중화는 현지은이 자신의 아이를 낳고 다른 남자의 호적에 올린 사실을 알고 분개했다. 겨우 이룬 안락한 가정을 잃을 수 없었던 현지은은 김중화에게 무릎을 꿇고 빌었다. 재욱과 만나게 해줄 테니 당신이 아버지라는 사실만은 밝히지 말아달라고, 지금의 남편과 이룬 소중한 가정을 부디 깨뜨리지 말아

달라고. 사랑했던 여자에게 배신당한 분노보다 아들에 대한 애정이 더 컸던 김중화는 슬픔을 억누르고 현지은의 제안을 받아들였다.

아이가 일곱 살이 되기까지 김중화는 재욱과 자주 만나 시간을 보낼 수 있었다. 하지만 재욱이 초등학교에 갈 나이가 되자 새아버지는 더 이상 생부와의 만남을 용인해줄 수 없다고 딱 잘라 말했다. 그 나름대로 아이가 겪을 혼란을 염려한 결정이었다. 김중화도 재욱이 그러한 혼란을 겪기를 바라지 않았고, 그는 결국 아들과 이별하는 수밖에 없었다. 그러나 재욱은 어린 나이에도 자신을 살뜰히 챙겨주던 김중화를 기억했고, 그가 자신의 친아버지라는 사실을 어렴풋이 알아차리고 있었다.

그리고 재욱이 청소년기에 접어들며 상황이 달라졌다. 재욱은 재혼가정의 자녀로서 새아버지와 불화를 겪었고, 친아버지인 김중화를 몰래 만나며 부족한 애정을 충족하고 있었다. 남에게는 때로 폭력적일지라도, 자신에게만은 사랑을 주던 김중화를 재욱은 깊은 애정으로 믿고 따르고 있었다. 동굴에서 찍힌 재욱의 사진을 손에 든 채 말을 이어가던 현지은은 끝내 차오르는 울음에 입을 틀어막고 얘기를 끝마쳤다.

현지은의 증언으로 재욱과 중화의 관계가 확실해짐으로써, 그날의 진실을 알고 있을 인물 또한 분명해졌다. 이제 주파수 실종 사건의 마지막 퍼즐 조각을 맞출 때였다.

"그날 산에서 아이들을 죽인 건 누구였습니까?"

"…."

"김중화 씨인가요?"

"아니야."

"아니면 당신의 아들, 김재욱인가요?"

"…그건 사고였어."

그 후 김중화가 털어놓는 진실은 충격적이었다. 김중화는 노루를 사냥하기 위해 능리산에 머물고 있었다. 직접 고기를 공수해 가게를 운영하는 것이 원칙이었다. 그런데 노루로 오인해서 고라니를 사격하는 일이 종종 있었다. 고라니는 누린 내가 심해 노루로 둔갑해서 팔 수도 없었다. 결국 잘못 잡은 고라니들은 자루에 담아 한꺼번에 땅에 묻어주고 있었다. 그런데 사건이 있던 밤, 피 묻은 자루를 본 아이들이 그 안에 든 것을 사람으로 오해한 것이다. 아이들의 소란에 김중화가 동굴 밖으로 나왔다. 공포가 극에 달한 아이들은 검은 우의를 걸친 거대한 사내의 모습을 보고 지레 겁을 먹어 달음박질쳤다.

동굴 앞에 내놓은 고라니 자루를 보고 김중화는 상황을 대충 짐작했다. 그리고 오해를 풀기 위해 아이들을 뒤쫓았지만 그 일이 더 큰 화근이 되었다. 노루를 잡기 위해 파놓은 함정에 아이들이 빠지고 만 것이다. 제아무리 장성한 시절의 김중화라고 해도 빗물에 젖어 한없이 미끄럽고 깊은 함정에서 아이들을 맨몸으로 구해낼 수는 없었다. 그는 아이들을 구할 밧줄을 가지러 동굴로 돌아갔다. 그리고 서둘러 돌아가려는 찰나에 총소리가 들렸다. 김중화가 다시 찾아갔을 때는 이미 함정 속의 아이들이 피투성이로 죽어 있었다. 그 옆에 재욱이 오들오들 떨며 서 있었다. 아이들을 죽인 이유를 묻자 재욱은 사고였다고 대답했다. 이후 아들에게 전해 들은 얘기를 털어놓는 김중화의 목소리는 사뭇 떨리고 있었다.

그날 재욱이 아이들에게서 멀어져 절벽 난간에 올라섰던 것은 그들보다 먼저 아버지를 찾기 위함이었다. 폭우가 쏟아지는 밤이니 아버지는 사냥을 나가지 않았을 것이다. 검바위 근처 동굴에 터를 잡고서 머물고 있는 아버지가 괜히 아이들을 마주쳐 곤란해지지는 않을까 불안했던 것이다. 초조한 기다림 끝에 재욱은 덫을 걷으러 다녀온 것인지 빗물을 털며 동굴로 들어서는 아버지를 발견했다. 서둘러 몸을 피하라는 말을 전하기 위해 전속력으로 달리던 재욱은 아이들이 놀라는 소리를 들었다.

아이들이 발견한 것은 피가 고인 묵직한 자루였다. 조금 떨어져 상황을 지켜보던 재욱도 그것을 사체로 오인하는 수밖에 없었다. 자신에게 있어 김중화는 좋은 아버지였지만, 그는 주변과 실랑이를 벌이는 일이 잦았다. 툭하면 가겟세로 횡포를 부리는 건물주와 다퉜고, 얼마 전에는 영문 모를 남자가 산 속까지 찾아와 아버지를 하대하며 시비를 돋우기도 했다. 그런 아버지가 자신이 모르는 사이 어떤 사건에 연루되었을지 재욱으로서는 모를 일이었다. 수상한 정황을 목격한 아이들을 이대로 산 아래로 내려 보낼 수는 없었다. 그때 동굴 입구에 놓인 아버지의 사냥용 총이 눈에 들어왔다. 재욱은 서둘러 그것을 챙겨 아이들을 쫓았다.

혼비백산 도망치던 소년들이 함정에 빠지고 김중화가 그들을 구할 밧줄을 찾으러 간 사이, 재욱은 아버지의 비밀을 지켜 달라고 소년들에게 청했다.

"야, 알았으니까, 일단 꺼내줘. 경윤이가 떨어지면서 머리를 다친 것 같아."

정수의 말에 재욱은 함정 가까이 다가가 아이들을 내려다 봤다. 경윤은 거의 의식을 잃은 듯 누워 있었고, 정수 또한 머리를 짚고 함정 벽에 기댄 채 간신히 앉아 있었다. 아이들이 떨어진 쪽으로 큰 바위가 튀어나온 것이 어렴풋이 보였다. 함정에 빠지면서 땅속에 묻혀 있던 거대한 바위에 머리를 부딪힌 것 같았다.

"오늘 산에서 본 일을 어디서도 말하지 않겠다고 약속해. 그럼 구해줄게."

재욱이 아이들에게 총구를 겨누며 말했다. 하지만 천성이 악하지 않은 소년이 누군가를 위협하는 모습은 어딘가 서투르기 그지없었다. 재욱의 목소리와 총을 든 손은 연약하게 떨리고 있었다. 항상 무리 위에 군림하듯 큰소리를 내던 정수에게 그러한 협박이 통할 리 없었다.

"소재욱, 상황 파악 안 돼? 경윤이는 지금 죽어가잖아. 일 크게 만들지 마."

미동도 없이 얕은 숨을 내뱉던 경윤의 고개가 툭 꺾였다. 정말 죽은 것만 같았다. 그 모습을 본 정수는 친구를 잃은 슬픔보다 살아야 한다는 생각이 절실해졌다.

"비밀 지킬게. 난, 살려줘."

재욱은 고민에 빠졌다. 죽을 위기에 놓인 누군가를 손 놓고 지켜보는 것은 어린 재욱에게도 고역이었다. 하지만 그들은 동굴에 사는 김중화가 재욱의 진짜 아버지인 줄 모르고 산속의 노숙자나 거지쯤으로 여겨 돌팔매질을 했다. 자신의 반려동물을 그들이 돌팔매질로 죽인 일을 떠올리며 재욱은 또 한 번 자신에게서 사랑하는 이를 앗아갈 존재가 저들일 거라고 생각했다. 그런 생각이 들자 지난날 자신을 폐법당에 가둬둔 일까지 떠오르며 총을 든 손에 살의는 깊어지고만 있었다.

재욱이 고민에 휩싸여 딴 곳을 바라보는 그때, 정수가 함정 쪽으로 떨궈진 총구를 잡아당겨 올라서려고 하고 있었다. 갑자기 느껴진 총 끝의 무게에 당황한 재욱은 총을 몸 쪽으로 끌어당겼다. 그때였다.

탕! 탕!

총성이 터졌다. 실랑이 끝에 예기치 못하게 총알이 발사된 것이다. 정수에게 저항하기 위해 총을 꽉 쥐면서 방아쇠에 놓여 있던 손가락이 당겨져버리고 말았다. 그것은 명백한 사고였지만 살의 또한 충분한 범죄였다. 김중화가 숨을 몰아쉬며 함정에 다 왔을 때는 이미 일이 벌어진 뒤였다.

우선 아들을 데리고 동굴로 돌아온 김중화는 자루를 열어 그 안에 있는 것이 고라니임을 보여줬다. 그걸 본 재욱은 후회스러움에 털썩 주저앉았다. 그러나 이미 엎질러진 물이었다. 김중화는 자신 때문에 아들이 어린 살인자가 되었다는 자책감에 빠졌다. 아들을 위한 최선의 선택을 고민하던 김중화는 결국 함정을 그대로 파묻기로 결정했다.

열심히 흙을 덮을수록 아이들은 점점 현실에 없는 존재처럼 사라져갔다. 그날 하늘에서는 광폭한 빗줄기가 쏟아졌고, 김중화도 펑펑 눈물을 쏟았다. 김중화가 사체를 수습하는 사이, 재욱은 방금 전 자신에게 일어난 일들을 곱씹듯 비를 맞으며 텅 빈 눈으로 맥없이 앉아 있었다. 그때 문득 재욱은 잊고 있던 누군가가 떠오른 듯 다시 검바위 방향으로 산을 타고 올라갔다.

"그렇게 뛰어간 아들 녀석이 다신 돌아오지 않았어요. 그 후로 영영 사라진 겁니다."

사건의 진실을 덤덤하게 말하던 김중화가 대화가 끝날 무렵에는 서럽게 통곡했다.

"우리 재욱이를 찾게 된다면 꼭 만나고 싶습니다."

용훈은 재욱이 죽었을 거라고 믿어 의심치 않았다. 그러나 피해자인 줄 알았던 그가 가해자라면 도망쳐 살아 있을 가능성도 있었다. 그에 대한 추적은 사건을 다 정리하고 시작하면 될 것이었다. 그날 밤, 용훈은 최종 보고서를 작성했다. 그가 특정한 범인은 소재욱이었다. 그리고 사체유기 및 공동정범 혐의로 김중화를 같이 기소하는 내용으로 보고서를 마쳤다.

아울러 당천 부녀자 살인 사건에는 한 번도 용의 선상에 오른 적 없는 피해자의 아들 강무소를 새로운 용의자로 세우며 수사를 촉구했다. 김중화의 얘기에 따르면, 강무소의 어머니는 김중화 이후로도 다른 남자들과 만남을 이어간 듯했다. 강무소는 김중화와 함께 살던 시절부터 이미 어머니의 남성 편력에 질려 있었다. 하지만 어머니는 새아버지를 들여 아들과 단란한 가정을 꾸리는 꿈이 있었고, 출가하고 부모와 연을 끊고 살고자 하는 강무소와 번번이 충돌하고는 했다. 그 과정에 살인이 일어났을 가능성이 있다고 김중화는 추측을 내놓았다.

강무소가 접견에서 당천 부녀자 살인 사건을 언급하지 않은 데는 김중화와의 관계뿐만 아니라 자신의 살인죄까지 숨기려 하는 의도가 숨어 있지 않았을까 용훈은 짐작했다. 그것을 김중화에게 덮어씌우려던 일이 잘 풀리지 않자 강무소는 그를 주파수 실종 사건의 진범으로 몰아가려고 했다. 아마 그도 김중화가 진짜 이 사건의 범인인 줄은 몰랐을 것이다. 그저 30년 전 동굴에서 마주친 기억만으로 일을 벌인 듯했다. 자신을 학대했던 새아버지에 대한 강무소의 원한이, 김중화가 덮으려 했던 친아들의 죄를 수면 위로 떠오르게 한 셈이었다.

김중화에 의해 강무소가 꾸민 소동의 진상이 밝혀지던 중, 용훈은 후배 필수에게 송인구의 소식을 전해 들을 수 있었다. 그는 용훈의 요청을 받아 송인구를 계속해서 조사하고 있었다. 명색이 프로파일러인 만큼 그는 뛰어난 대화 기술로 송인구를 조종한 인물이 누구인지 밝혀낼 수 있었다. 강무소는 송인구가 김중화를 두려워하는 점을 이용해, 자신이 꾸미는 모든 일의 배후에 김중화가 있다고 속이며 송인구를 조종했다.

그보다 더 배포가 있는 다른 재소자였다면, 강무소와 김중화가 협력해 일을 꾸민다는 것을 수상히 여겨 의심했을 것이다. 하지만 김중화고 강무소고 하나같이 공포의 대상이었을 송인구에게 그런 판단력이 남아 있을 리 없었다. 무엇보다 때마침 죄질이 더러운 장규석이 정락교도소에 입소했고, 아동

성범죄자를 경멸한 김중화가 송인구에게 그를 기습하라고 명령했다. 타이밍 좋게 진짜 김중화까지 나서주니 송인구가 강무소를 의심하기는 쉽지 않은 일이었다.

송인구는 필수에게 그간 담아둔 속사정을 모두 털어놓았고, 그 과정에서 이희수가 자살 사건에 휘말린 전말까지 알아낼 수 있었다. 이희수는 교도소 내 이름난 마당발로 김중화와 강무소 모두와 친분이 있었다. 강무소는 그가 두 사람의 해묵은 인연을 아는 만큼 김중화에 대한 자신의 복수에 기꺼이 가담하리라고 생각했다. 그래서 자신의 계획을 알려주고 편지를 보낼 명의를 빌려줄 것을 제안했다. 하지만 김중화를 어르신으로 모시던 이희수는 강무소의 제안을 거절했다. 자신의 계획을 모두 아는 이희수를 살려둘 수 없었던 강무소가 송인구를 시켜 자살 사건을 일으킨 것이었다. 이렇게 교도소 내의 사건도 전부 말끔하게 정리되었다.

용훈에게 단독 수사권이 주어진 기간은 한 달 남짓이었다. 그러나 사흘하고도 열일곱 시간이 남은 시점에 수사는 끝을 향해서 달려가고 있었다. 이 정도면 꽤 만족스러운 성과였다. 다음 날 아침, 용훈은 날이 밝자마자 총경에게 전화했다. 바로 올라가 깜짝 놀랄 만한 최종 보고서를 드리겠다고 말했다.

짐을 싸서 나갈 채비를 하는 것은 한 시간 정도면 충분했다. 용훈이 떠나겠다고 하자 그 사실을 가장 반긴 것은 교정감이었다. 싱글벙글 웃으며 배웅하는 모습이 분명 신이 난 것처럼 보였다. 반면 민 교도관은 짧은 사이 벌써 정이 들었는지 아쉬움이 담긴 얼굴로 떠나는 용훈을 배웅했다. 수사 자료가 담긴 상자를 한가득 실은 용훈의 작은 차가 점차 정락교도소에서 멀어지고 있었다. 그때였다. 핸드폰이 울렸다. 발신인은 이 신부였다.

"어, 성준아."

"흐흐흑. 흐흐."

"울어? 무슨 일이야?"

"아이가 납치됐어."

"뭐?"

"재욱이가 우리 성당의 한 아이를 납치해 갔어. 그런데 뭘 어떻게 해야 할지 모르겠어. 어떡해야 해, 용훈아? 부탁할게. 제발, 도와줘."

이 신부의 말을 어디서부터 어디까지 믿어야 할지 모르겠는 용훈은 조심히 물었다.

"재욱이가 확실한 거야?"

"응, 저 산에서 날 보고 손짓하고 있어. 지금 가야겠어."

용훈은 서울 본청에 가고 있었다. 이제 조금만 가면 모든 게 해결되는데, 이 신부의 전화에 난감해졌다. 고민에 휩싸인 용훈은 저도 모르게 한숨을 쉬었다. 이 신부는 절규하듯 호소하고 있었다. 이 신부의 주장대로 재욱이가 살아 있을 일말의 가능성이 생긴 지금 용훈은 주저할 수 없었다. 모든 수사를 마치고서야 말도 안 된다고 생각했던 이 신부의 주장이 용훈에게 작은 가능성으로 다가온 것이다.

"알았어. 나도 지금 그쪽으로 출발할게."

서울로 향하던 차량은 경로를 이탈했다. 큰 원을 그려 급격히 유턴한 차량은 빠른 속도를 내면서 문동성당을 향해 달려갔다.

재회

뒷산 초입에 다다라 잿더미는 끊어져 있었다. 이 신부는 난감한 얼굴로 사방을 둘러봤다. 혹시라도 재욱이 보내는 신호일지 모른다는 생각으로 잿더미를 따라온 것이다. 그 흔적이 끊어져버리자 도통 어떻게 해야 할지 감이 오지 않았다.

그때 이 신부의 머릿속에 불현듯 용훈이 떠올랐다. 홀로 궁지에 몰린 상황에서 이 신부를 구해줄 구원자는 한 사람뿐이었다. 그는 곧장 전화를 걸었다.

"어, 성준아."

"흐흐흑. 흐흐."

그의 목소리를 듣는 순간 이 신부는 어린아이같이 서러운 울음을 터뜨렸다. 가장 긴장된 순간에 용훈의 목소리를 듣는 것만으로 위로를 받는 것 같았다.

"울어? 무슨 일이야?"

"아이가 납치됐어."

"뭐?"

"재욱이가 우리 성당의 한 아이를 납치해 갔어. 그런데 뭘 어떻게 해야 할지 모르겠어. 어떡해야 해, 용훈아? 부탁할게. 제발, 도와줘."

그때였다. 언덕 모퉁이를 도는 장승같이 거대한 그림자를 봤다. 비가 오지 않지만 흰색 우의를 걸치고, 우의에 달린 모자를 깊게 눌러써 얼굴을 가린 사내였다. 이 신부는 넋을 빼고 그를 쳐다보고 있었다. 그런데 그때 그가 이 신부를 똑똑히 가리키며 이리 오라 손짓했다. 이 신부가 주저하며 머뭇거리는 순간 사내가 모자를 벗었다. 그제야 현현한 실체로 자신의 민낯을 드러낸 재욱이 거기 서 있었다. 그러는 사이 용훈의 목소리가 들렸다.

"재욱이가 확실한 거야?"

"응, 저 산에서 날 보고 손짓하고 있어. 지금 가야겠어."

수화기 너머 고심하는 듯 용훈의 착잡한 한숨이 들려왔다. 이 신부는 용훈의 도움이 절실했다.

"알았어. 나도 지금 출발할게."

이 신부는 용훈이 온다는 말에 천군만마를 얻은 것 같았다. 전화를 끊은 즉시 고해가 담긴 음성 파일을 그에게 보냈다. 다시 고개를 들어서 산을 봤을 때 재욱이 성큼성큼 산속으로 걸어가고 있었다. 용기를 내어 찾아온 만큼 이 신부는 여기서 포기하고 싶지 않았다. 그렇게 이 신부는 그를 쫓고 있었다.

어스름한 저녁이 되어서 용훈이 성당에 도착했다. 성당 안에 이 신부는 보이지 않았지만 수많은 사람들이 마당을 가득 채우고 있었다. 혼란한 틈을 비집고 용훈이 안으로 들어섰다. 경찰 병력까지 운집해 있었다. 자신을 찾아와달라고 청했던 이 신부가 혹여 잘못된 것은 아닐지 용훈은 걱정하는 마음이 커졌다.

"무슨 일이죠? 이성준 신부는 어디 있습니까?"

용훈이 경찰에게 다가가 다짜고짜 물었다. 그러나 경찰은 경계하듯 상대를 위아래로 훑어볼 뿐이었다. 용훈은 경찰 공무원증을 꺼내 자신의 신분을 증명했다. 그제야 경찰이 대답했다.

"실종된 아이가 있는데요. 나예은이라고. 여기 성당 신부가 의심스럽다는 조부모님의 신고가 접수되었습니다."

"하, 그래요?"

"아이를 집요하게 쫓아다녔다고 합니다. CCTV를 확인해보니 정말 그 모습이 담겨 있었어요. 실종 사건을 수사하려는 시점에 갑자기 이성준 씨가 사라진 것도 수상하고요. 일단 본

서에는 유괴 납치 사건으로 접수해놓았습니다."

이 신부가 소녀를 걱정한 나머지 범인을 쫓다가 괜한 오해를 산 것은 아닐까. 용훈은 확인이 필요했다.

"그 CCTV를 저도 볼 수 있을까요?"

같은 시각 이 신부는 산을 배회하고 있었다. 앞서 가는 재욱을 따라서 성큼성큼 나아갔지만 그는 신출귀몰하게 번번이 붙잡히지 않았다. 마치 숨바꼭질을 하는 것처럼 목전에서 사라지기를 수차례 반복했다.

그러던 그때 울부짖는 여자아이의 괴성이 멀리서부터 들려왔다. 분명 소녀의 목소리였다. 이 신부는 소리의 출처를 찾아 바삐 오갔다. 제 눈앞에서 아스라이 사라지기만 하는 재욱을 붙잡는 것보다 소녀의 안전이 첫 번째로 중요했다.

CCTV를 확인한 용훈은 그가 산에 간다고 말한 것을 기억했다. 성당 뒤편을 보니 아주 멀지 않은 곳에 처연한 산세가 보였다. 그는 망설이는 기색 없이 차에 올라 산으로 향했다.

어두운 산속을 홀로 헤매던 용훈은 무언가 틀어 막힌 입에서 간신히 삐져나오는 듯한 소리를 들었다. 주변을 둘러보니 한 소녀가 나무에 묶인 채로 재갈이 물려 있었다. 용훈은 곧바로 소녀를 포박한 끈을 풀어줬다. 용훈은 소녀의 얼굴에서 폭행의 흔적을 발견했다. 온통 멍이 든 얼굴은 공포에 질려 해쓱해져 있었다. 소녀는 통증 때문인지 당장 숨 쉬기도 버거워 보였다.

"네가 나예은이야? 괜찮니?"

"저, 저 사람이 그랬어요. 아지트로 안내하라고 하면서."

한마디를 남긴 채 소녀는 쓰러졌다. 용훈은 112에 신고해 소녀의 현재 위치를 알렸다. 그리고 소녀가 방금 전 가리킨 곳을 보니 하얀색 형상이 달음박질치고 있었다. 그 형상이 이 신부인지 재욱인지는 불분명했지만 용훈은 그를 쫓아야 했다.

마침 사이렌 소리가 들려왔다. 신고를 받고 온 경찰차가 산 초입에 다가온 것이다. 용훈은 핸드폰 플래시를 켜 산 아래에 신호를 보냈다. 차에서 내린 경찰들이 뛰어오는 것이 보였다. 나뭇가지들 사이에 핸드폰을 끼워놓고 용훈은 소녀를 부축해 나무에 기대앉게 했다. 그리고 저 멀리 달아나는 의문의 존재를 쫓아 뛰었다.

이 신부는 어느새 소녀의 울음소리가 사라진 걸 알아차렸다. 더는 소리를 쫓아 소녀를 찾을 수도 없었고, 재욱 역시 진즉 시야에서 놓친 뒤였다. 그때 수풀 사이로 판초 우의를 입은 사람이 보였다. 이 신부는 단번에 그가 재욱이란 걸 알 수 있었다. 수풀 사이에서 숨을 고르며 쉬고 있는 모양이었다. 발소리를 죽여 이 신부가 그에게 다가가는 순간, 재욱은 다시 쏜살같이 뛰어나갔다. 이 신부가 재욱을 발견한 것과 동시에 용훈이 이 신부를 발견했다. 그런데 이 신부는 벼랑을 향해 뛰어가고 있었다. 용훈은 즉시 그에게 소리쳤다.

"이성준, 당장 멈춰!"

"왔니? 보이지? 재욱이가 저기 있어."

용훈은 이 신부가 가리키는 손가락 끝을 봤다. 하지만 그곳은 벼랑일 뿐 아무도 없었다. 그런데도 이 신부는 하염없이 벼랑 끝으로 내달리고 있었다. 자칫 한 발만 더 나아가면 떨어질 곳에 위태로이 서 있는 그를 향해 용훈은 달려갔다. 그리고 그곳에서 추락 직전의 이 신부를 겨우 붙잡았다. 그제야 이 신부는 보이지 않던 벼랑이 눈에 들어왔다. 방금 전까지 그의 눈에는 이곳이 평평한 땅으로 보였다. 그리고 재욱이 벼랑 끝에서 아스라이 사라진 것을 깨달았다.

"재욱이는? 여기 있었잖아?"

"성준아, 네가 쫓는 재욱이는 여기에 없어."

용훈은 이 신부를 쫓기에 앞서 성당 내부의 CCTV를 확인했다. 이 신부가 보낸 음성 파일을 뒤늦게 들어보니 먼저 확인해야 할 것이 생겼기 때문이다. 음성 파일이 녹음된 날의 CCTV를 찾아 돌려봤다. 화면 속 이 신부는 실체 없는 누군가를 찾듯 잔뜩 공포에 질린 채 고해소 신자실의 문을 덜컥 열고 있었다. 그 장면을 보고 용훈은 이 신부의 상태를 확신했다. 그가 보낸 음성 파일엔 고해를 집전하는 이 신부와 재욱이 되어 고해를 털어놓는 이 신부가 있을 뿐이었다.

"지금까지 넌 허상을 쫓은 거야."

벼랑 끝에 이르러서야 이 신부는 잃었던 기억이 차츰 돌아왔다. 깊은 폭포가 있던 벼랑으로, 어느새 이 신부는 그날의 소년으로 돌아가 있었다.

친구들을 쫓는 괴물 같은 존재를 보고 성준은 발작을 일으키며 기절했다. 그리고 깨어났을 때는 또 다른 공포가 엄습해 있었다. 성준은 기절 직전 두 차례의 총성을 들었다. 그런데 깨어보니 사라졌던 재욱이 손과 얼굴에 비산 혈흔이 묻은 모습으로 나타났다. 그 모습은 공포 그 자체였다. 재욱은 두려움에 까무러치려는 성준의 어깨를 단단히 붙잡은 채 상황을 해명했다. 함정에 빠진 정수와 실랑이했고, 예기치 않게 총이 두 번 발사되었을 뿐이라고. 하지만 성준은 여전히 공포에 질려 있었다. 비록 사고라고 해도 재욱이 평소 친구들에게 가지고 있던 악의를 아는 성준으로서는 결백하다는 친구의 말을 믿을 수 없었다. 그간 가장 의지하고 좋아하던 친구가 악의 화신으로 탈바꿈한 현실 앞에 성준은 숨이 끊어질 듯한 고통 속에 놓였다. 재욱의 호소도 전혀 귀에 들어오지 않았다.

"성준아, 내 말 좀 들어!"

큰 소리에 재욱과 눈이 마주친 순간, 성준은 달음박질쳤다. 그 즉시 재욱은 성준을 쫓아 뛰었다. 그리고 막다른 벼랑 앞에 섰다. 죽음이 불가피한 순간이었다. 벼랑을 등지고 선 성준은 차츰 다가오는 재욱을 피해 뒷걸음질했다. 그럴수록 엄습한 죽음의 기운이 시퍼런 계곡물에 서렸다. 자칫 한 발만 더 나아가면 추락할 곳에서 마침내 재욱은 성준을 붙잡았다.

"너는 해치지 않을 거야."

재욱이 그렇게 말하며 성준을 달랬다. 하지만 이미 성준은 제정신이 아니었다. 방금 전 친구들을 죽인 소년의 손이 자신에게 닿는 것이 끔찍했다. 성준은 있는 힘을 다해 몸을 틀어 자신을 붙잡은 재욱의 손을 떼어냈다. 그 반동으로 재욱이 크게 휘청였다.

성준이 사력을 다해 도망치고 그 뒤로 풍덩, 하는 소리가 이어졌다. 성준의 귀에도 분명 그 소리는 들려왔다. 하지만 현재 자신의 처지는 흉포한 포식자를 피해 도망쳐야만 하는 나약한 피식자에 지나지 않았다. 그래서 돌아보지 않고 사력을 다해 도망쳤다. 달려온 길을 돌아간 성준은 동굴 근처 나무 뒤에 몸을 숨기고 귀를 틀어막은 채 쪼그려 앉았다. 두 번의 총성, 한 소년을 집어삼킨 계곡의 물소리… 악몽 같은 소리들이 귓전을 맴돌아 성준은 미칠 것 같았다. 꿈이라면 빨리 깨고 싶다는 마음으로 하염없이 머리를 쥐어박았다. 무릎을 세우고 앉아 얼굴을 파묻고 현실을 회피하던 성준은 그대로 잠들어 날이 밝을 무렵 깨어난 것이다. 그렇게 하나의 세계가 수면 아래로 사라졌다. 소년은 그날의 고통스러운 기억을 수면 아래로 가라앉혀버렸다.

오랜 망각 끝에 이제야 떠오른 일련의 상황들이 이 신부를 압도하고 있었다. 이 신부가 벼랑 아래를 내려다봤다. 그러자 방금 전까지 이 신부가 뒤쫓던 재욱이 검은 정령으로 화한 채 벼랑 아래에서 손을 흔들고 있었다.

"능리계곡."

"뭐?"

"이제야 기억이 나. 그때 재욱이가 그곳으로 떨어졌어."

이 신부는 벼랑 끝에 손을 내밀었다. 마치 재욱에게 닿고 싶다는 듯이. 용훈은 이 신부의 허리춤을 단단히 부여잡았다. 이 신부는 눈물을 흘리며 말했다.

"나도 가고 싶어. 친구들이 있는 저곳으로…."

후드득 떨어지는 그의 눈물이 저 아래에 정령의 뒤안길을 따라가고 있었다.

용훈의 지시 아래 수색반이 능리계곡을 샅샅이 뒤졌지만 별다른 수확은 없었다. 그러나 용훈은 주파수 실종 사건의 범인을 특정한 것으로 미제 사건 해결의 공로를 인정받았다. 그 성과 덕분에 뇌물 수수라는 억울한 혐의도 벗으며 본래의 자리로 복귀할 수 있었다.

이 신부는 정신병원에 입원했다. 열다섯 소년이 감당하기에는 너무 벅찬 사건이었기에 끔찍한 기억을 말끔히 지운 채 살아왔던 것이다. 하지만 그는 평생을 그 사건에서 자유롭지 못한 채 그 안에서 맴돌며 살았다. 오히려 모든 기억의 조각이 맞춰진 지금에야 비로소 그는 살아갈 힘을 얻었다.

해당 사건의 생존자로 이 신부는 해리성 기억장애를 지울 수 없는 흉터 같은 것으로 여기면서 살았다. 그러나 재수사를 맡은 용훈이 이 신부의 기억을 끄집어내자 이번에는 해리성 정체장애로 자신을 고통에서 지켜내려 했던 것이다.

기억이 돌아온 이 신부는 자신이 알고 있는 그날의 진실을 모두 털어놓았지만, 그에 대해 진위를 확인할 길이 요원했다. 그의 주장대로 능리계곡에서 재욱이 발견되었다면 모든 진술을 신뢰할 수 있었을 것이다. 그의 주장은 과연 어디까지가 진실일까. 그렇게 재욱은 발견하지 못한 채 사건이 일단락되었다.

1년 뒤, 유튜버가 콘텐츠 제작을 위해 수중 촬영에 나섰다. 그는 다이버로 수심 깊은 곳만 찾아다니며 계곡 안의 풍경을 보여주는 52만 유튜버였다. 그가 이번에 찾은 곳은 능리계곡 이었다. 그는 수심 30m 아래까지 내려갔다가 신비롭게 생긴 동굴에서 뜻밖의 광경을 목격했다. 바위틈에 다리가 낀 어린 유골이 거기 있었다. 마침내 발굴된 그 소년은 재욱이었다.

빗장을 풀다

"민간 교도소의 재소자가 귀휴를 나가 잠적하는 일이 발생했습니다."

용훈은 저 혼자 떠드는 TV 소리를 들으며 홀로 컵라면에 김밥을 먹고 있었다. 당직을 서고 가장 먼저 사무실로 출근해 이른 아침밥을 먹고 있던 참이었다. 그러다 그의 귀가 번쩍 트일 만한 뉴스 소리에 TV를 올려다봤다.

"오래전 실종되었던 아들이 사체로 발견되면서, 친부인 재소자가 장례를 치러주러 나섰다가 잠적한 것입니다."

아무래도 용훈의 느낌이 좋지 않았다. 얼마 전, 능리계곡에서 백골로 발견된 주파수 실종 사건의 소년이 떠오른 것이다.

하지만 김중화가 귀휴를 받고 잠적할 만한 사람은 아니었다. 또 만일 그러한 일이 있었다면 교도소 내 어느 누구라도 그 소식을 용훈에게 전달할 것이 분명했다. 미심쩍은 얼굴로 소식 없는 핸드폰을 들여다보는데 사무실 문이 열렸다.

"식사 중이시네요?"

"어, 왔냐?"

김 형사가 손에 우편물을 가득 들고 출근했다. 그는 반원들 자리마다 해당하는 우편물을 올려두고 있었다. 매주 강력반 내로 들어오는 우편물을 이따금 챙겨 오는 것이 그의 업무 중 하나였다. 김 형사는 문득 한 편지를 보고 우뚝 멈춰 섰다.

"팀장님, 편지 왔습니다."

"편지? 또 사서함 우편물이야?"

"어, 그러네요. 꽤 두툼한데요?"

"아휴, 전국 교도소에서 나한테 편지 보내는 게 유행이잖냐. 무슨 사연들이 그렇게 구구절절한지 다들 존나게 억울하대. 아니, 내가 변호사냐고."

"큰 사건 해결하신 보람인 거죠."

"자리에 놔둬. 밥 먹고 볼게."

"근데 정락교도소면 팀장님이 수사했던 거기죠?"

"정락교도소에서 왔어? 누군데?"

"김중화라고 되어 있는데요?"

"뭐?"

용훈은 허겁지겁 달려갔다. 김 형사에게서 편지를 낚아채 빠르게 뜯어봤다. 이윽고 편지를 읽어 내려가는 그의 표정이 점점 진지해졌다.

형사님, 그간 무탈하신지요?

저는 오늘 귀휴를 받아 나갑니다. 아들의 장례를 치러주기 위한 것인데, 이 모든 건 형사님 덕분이네요. 우선 감사하다는 말씀을 전합니다. 비록 살아서는 만나지 못했지만 그게 현세에 주어진 인연이고 운명이라면 기꺼이 받아들여야겠지요. 살아생전 백골 이나마 아들을 찾아 넋을 달래줄 수 있게 된 것이 참으로 감사할 따름입니다. 불교에는 '시절인연'이라는 말이 있습니다. 시작과 끝은 모두 자연의 섭리대로 정해져 있다는 그 말을 저는 다 늙은 이제야 어느 정도 헤아리게 되었습니다.

부검을 마친 아들의 유골은 화장해 적당한 곳에 뿌려줄 겁니다. 물가는 아니 되고 햇볕이 좋은 마른 땅이 좋겠습니다. 그렇다고 아이를 집어삼켰던 산은 더더욱 아니 될 것입니다. 적당한 곳이 어디일지는 신중히 고민을 하고 있습니다. 아들의 장례를 치른 뒤에는 여생의 마지막 일정을 소화하려 합니다. 우선 저는 죄업 을 마주하기 위해 여정을 떠납니다. 아들의 비극은 무전기에서 비롯되었지요. 무전기에는 사연이 있습니다. 제가 쌓은 그 죄업

이 우리 아들을 죽게 만든 것입니다.

햇살이 좋은 오후, 용훈과 필수가 능리산에 오르고 있었다. 시종일관 빠른 속도로 산행에 임하는 용훈과 걸음이 무거운 필수의 산행이 대비되었다. 문득 필수가 용훈의 눈치를 보며 조심히 말을 건넸다.

"선배, 여기 가면 정말 김중화 잡을 수 있는 거예요?"

"촉이 그렇잖아. 너도 편지 봐서 알 거 아냐."

"보긴 봤는데, 편지에는 장소가 특정되지 않았잖아요. 잠적 위치가 폐법당이라고 짐작될 만한 문구도 전혀 없었고요."

"많이 힘드냐? 하산하고 싶어서 그래? 귀신이라도 나올까봐?"

"에이, 아니죠. 확신하는 거면 공식 절차 밟아서 경찰 병력 좀 붙여 가시지."

"아휴 거참, 말 많네. 혹시 또 모르잖아. 동원해서 갔는데 아니면 어떡할 건데? 믿는 후배 놈이나 하나 데리고 가는 거지. 일단 따라와봐. 너, 내 촉이 예리한 거 알지?"

필수는 탐탁지 않은 얼굴로 마지못해 알겠다고 대답했다. 그렇게 산행은 순조롭게 이어지는 듯했으나 여전히 호기심을 이기지 못한 필수가 물었다.

"그럼, 여기라고 생각하는 이유를 말해주실래요?"

용훈은 열두 장이나 되는 중화의 편지를 수십 번은 읽었다. 그럼에도 이해할 수 없는 부분들이 있었는데 그러한 것들은 이 신부에게 물었다. 이 신부는 기억을 더듬어 재욱이 종종 아버지에 관해 얘기하던 것을 떠올렸다. 덕분에 이가 빠진 듯 듬성듬성했던 이해와 문맥의 간극을 어느 정도 메울 수 있었다. 그래서 프로파일러인 필수보다 용훈이 편지를 이해하는 폭이 더 넓고 깊었던 것이다. 길고 빼곡한 편지에는 주파수 실종 사건이 일어나기까지의 사연이 담겨 있었다.

30여 년 전, 강무소의 신고를 받고 산림청 공무원이 산속 동굴로 김중화를 찾아왔다. 불법 점거 신고를 받고 왔다며 그는 동굴에서 즉각 퇴거하라는 명령을 내렸다. 그날은 오랜만에 재욱이 찾아온 날이었고, 작은 동물을 사냥하도록 총기 다루는 법을 알려주고 있었다. 김중화는 아들 앞에서 갑작스럽게 당한 면박에 공무원을 끌고 나갔다. 아들에게서 멀어지고서야 하루만 사정을 봐달라고 간청했다. 그러자 공무원은 한 술 더 떠 수렵 허가는 맡고 사냥하는 거냐고 비아냥거렸고, 불시에 또 방문할 것이니 조속히 내려가라고 으름장을 놓았다.

공무원을 돌려보내고 동굴로 돌아가려던 그때 탕, 하는 총소리가 났다. 김중화가 빠르게 뛰어가자 동굴 안에서 재욱이 토끼 한 마리를 태연히 잡아든 채 웃고 있었다. 기술을 단숨에

습득해나가던 소년의 사냥은 제법 성공적이었다.

그로부터 한 달하고 보름이 지나고 김중화는 다시 그곳으로 돌아와 있었다. 처음 며칠은 단속을 피해 산 아래 숙소에서 지내기도 했지만 결국 다시 이곳이었다. 그가 산을 찾는 건지, 산이 그를 부르는 건지는 모르겠지만 산은 수렵인에게 어쩔 수 없는 숙명이었던 것이다. 어느덧 시간이 흘러 관리도 소홀해졌고 며칠 동안은 편한 사냥을 이어갔다. 그날은 여느 날과 달리 노루 사냥이 몹시 잘되는 날이었다. 간밤에도 한 마리를 잡았는데 다음 날 낮 시간에 무려 세 마리나 더 잡은 것이다.

일망타진했다 싶은 무렵, 수풀 사이로 황토색의 네발짐승이 또 어렴풋이 보였다. 김중화는 그날의 마지막 사냥감을 그놈으로 정하고 산탄총의 방아쇠를 당겼다. 탕, 탕.

이윽고 단말마의 비명이 들려왔다. 평소 노루를 사냥할 때는 전혀 들을 수 없는 소리였다. 무언가 이상하다고 여기며 김중화는 사냥감이 쓰러진 쪽으로 성큼성큼 다가갔다. 그리고 그곳에는 황토색 점퍼를 입은 사람이 오른쪽 팔과 복부에 피를 흘리며 쓰러져 있었다. 불행한 오발 사고를 당한 주인공은 바로 산림청 공무원이었다.

바닥에 카메라가 떨어져 있었다. 아마도 그는 잔뜩 엎드린 채 수풀에 숨어 수렵 중인 김중화의 모습을 몰래 찍고 있던 것 같았다. 불법 점거뿐만 아니라 불법 수렵의 증거까지 잡아

엄벌하기 위한 조치로 보였다. 김중화는 주저할 수 없었다. 그를 들쳐 업고 정신없이 산 아래로 내려갔다. 불법 점거에 수렵으로 큰 처벌을 받더라도 살인자가 되는 것보다 나았다. 계곡을 지나갈 때였다.

"무, 무울."

김중화의 등에서 까무러지는 숨을 간신히 몰아쉬기만 하던 그가 겨우 뱉은 말이었다. 한시가 급하다고 물은 병원에 가서 마시라는 김중화의 말에 그는 서러운 절규를 하듯 다시 한번 어렵사리 그 음절의 말을 연이어 뱉었다. 결국 김중화는 방향을 꺾어 계곡으로 향했고, 그를 눕힌 채 손바닥에 물을 떠 입에 흘려줬다. 애타게 물을 찾던 그는 어미 새에게 먹이를 받아먹는 새끼처럼 몇 번이고 입을 열었다. 김중화는 그런 그에게 반복해 물을 떠먹였다. 그는 연거푸 물을 받아먹고 이제야 만족한다는 듯 얌전히 입을 닫았다. 그리고 그의 눈도 함께 닫혀버렸다.

김중화는 관성처럼 다시 그를 들쳐 업고 하산을 시작했다. 연달아 물을 받아먹을 때만 해도 살아날 거라는 작은 희망이 있었다. 그러나 업힌 사람의 몸이 이전과 달랐다. 생명을 잃은 몸은 축 처진 채 기우뚱거리기에 좀 더 무게가 나가는 느낌이었다. 방금 전까지 물을 찾은 건 곧 죽을 사람이 온몸에 남은 힘을 최대한 끌어올려 생의 마지막 만찬을 요구한 것이었다.

묵직하게 흔들리는 두 팔과 다리에서 김중화는 그의 죽음을 자각할 수 있었다.

수많은 번민과 고뇌 속에 결국 그는 우뚝 멈춰 섰다. 생명을 살리기 위한 분주한 노력이 더 이상 무의미하다는 판단이 든 것이다. 시체를 짊어진 채 어찌하나 막막하게 산을 둘러보던 그때 폐법당이 눈에 들어왔다. 평소라면 을씨년스럽다고 여겨 근처에도 가지 않을 곳이었다. 그러나 공포에 내맡겨진 그 순간만큼은 저만한 안식처가 없어 보였다. 어디에도 사체를 끌고 들어갈 수는 없었다. 이목을 피해 사체를 수습하기엔 저 곳이 제격이었다. 결국 김중화는 이끌리듯 폐법당으로 들어 갔다.

인적 끊긴 폐법당은 특유의 스산한 기운을 뿜었다. 그러나 미지의 공포는 현실의 공포 앞에 아무것도 아니었다. 차라리 귀신이 당장 나타나 자신을 두려운 현실로부터 끌고 가주면 좋겠다는 생각마저 들었다. 그것만이 심장을 옥죄는 현실의 공포를 누를 수 있는 유일한 길인 것만 같았다. 자신의 총에 맞아 죽은 남자를 등에 업은 상태에서 폐법당은 김중화에게 다른 의미로 안락함을 주는 공간이었다.

김중화는 108배를 진행했다. 천도를 위해서 부처님 전에 고인을 내려둔 채 말이다. 더 이상 사체를 업고 병원에 가는 것은 부질없는 일이었다. 이미 죽은 사람을 위해 할 수 있는 일은 명복을 빌어주는 것이 최선이었다.

그렇게 모든 의식을 마치고서 점점 경직되어가는 사체를 바라봤다. 여기서 더 할 수 있는 일이 무엇이 있을까. 김중화는 한동안 고민에 잠겼다. 그리고 그는 하나의 결론을 내렸다. 결국 김중화는 폐법당 마당을 파고 그를 묻었다. 돌이킬 수 없는 비극 같았던 사건의 증거가 눈앞에서 사라지고 김중화의 마음은 일순간에 잠잠해졌다. 그렇게 모든 게 일단락되는 줄 알았다. 하지만 상황은 전혀 예상치 못한 방향에서 걷잡을 수 없이 틀어지고 있었다.

그로부터 보름 뒤, 마을에 실종자를 찾는 전단지가 붙었다. 김중화는 그 전단지를 유심히 봤다. 실종자의 사진 아래로 상세한 정보가 적혀 있었다. 이름, 나이, 성별, 실종 장소와 일시, 실종 당시의 인상착의, 그리고 산림환경보호과 소속이라는 특이사항 아래로 '산림청 업무용 산악 무전기 소지'라고 적혀 있었다.

김중화는 조바심이 났다. 비록 사고이긴 했지만 자신이 죽인 건 명백한 사실이었다. 게다가 자신이 놓친 특별한 물건을 생각한다면 더욱 불안해졌다. 그를 묻어주고 돌아가던 그날, 수풀 사이로 가서 다시 찾아든 카메라는 필름을 제거해 깊은 계곡에 던져버렸다. 고인의 물건은 그뿐이었다. 아무리 둘러봐도 무전기 따위는 보이지 않았다.

설마 폐법당 어딘가에 흘린 것일까? 그런 생각이 들자 김중화는 곧장 그곳으로 발걸음을 돌렸다. 하지만 어쩐 일인지 문앞에 이르러서는 다시 그 안에 들어가고 싶지 않아졌다. 분명 자신의 과오가 담긴 증거를 없애기 위해 찾아왔건만 차마 들어갈 용기가 생기지 않았다.

죄를 저지른 당시에는 그 사실만으로도 벅차 현실 아닌 것에 공포를 느낄 만한 여유가 없었다. 그러나 현실 속에서 다시 살아가는 지금은 미지의 공포가 더 큰 무서움이 되어 있었다. 그런 걸 보면 귀신이나 심령현상은 어쩌면 자신의 죗값으로 빚어낸 마음의 공포일지도 모르겠다고 김중화는 생각했다. 자신이 죽이고 묻은 자가 저기 있기에 더 들어갈 용기가 나지 않았다. 그저 꽃살문의 황홀한 무늬를 따라 텅 빈 시선을 옮기며 고민을 이어갈 뿐이었다.

어쩌면 옷 주머니에 든 채 그대로 제 주인과 함께 파묻혔을지도 모르는 일이었다. 어차피 무전기가 증거로 발견된다고 해도 김중화는 만진 적이 없어 의심받을 일이 전무했다. 설령 폐법당에 사체와 무전기가 함께 발견된다고 해도 김중화와 직접적인 연관이 있는 공간은 아니었다. 모든 것이 괜한 두려움이었다. 언제 어디서 발견된 무전기가 뜻하지 않게 자신의 발목을 잡을지도 모른다는 불안감에 괴로워하던 김중화는 합리화 끝에 마음속에 자유를 얻었다. 다시 그 문을 열고 제 발로 들어가지 않아도 될 정당한 의미들이 생겨 있었다. 마을로 돌아간 김중화는 실종 전단지가 보이는 족족 찢어버렸다.

실종된 공무원을 찾는 움직임이 차차 잦아들고 김중화의 기억에서도 그 사건이 잊혀갈 무렵, 아들 재욱이 친구들에게 총을 쏜 사고가 일어났다. 소년들의 처참한 사체를 함정에 묻으며 김중화는 이 비 오는 날 산에는 뭐 하러 올라왔냐고 아들에게 물었다. 재욱은 젖은 바지춤에서 고이 접은 실종 전단지를 꺼내 펼쳐 보였다. 사체 위로 흙을 뿌리던 김중화는 아직 다 덮어지지 않은 소년의 손에 자신이 그렇게 찾던 무전기가 쥐어진 것을 봤다. 김중화는 별다른 대꾸를 하지 않고 묵묵히 흙을 마저 뿌렸다.

언젠가 소년들은 담력 시험차 폐법당을 탐방했다. 그리고 그곳에서 발견한 무전기를 전리품처럼 챙겨 산을 내려왔다. 그러던 어느 날, 마을 게시판에서 뜯다 만 실종 전단지를 보게 되었다. 혹시 이 무전기가 실종자의 소지품은 아닐까 가벼운 추리만 해보던 그때, 구조 요청의 무전 신호가 울린 것이다. 그것을 실종자의 애달픈 목소리로 여겼던 소년들은 경찰을 대신해 다시 한번 산에 올랐다. 산을 훤히 잘 아는 소년들은 모험심으로 똘똘 뭉쳤다. 하지만 과한 모험심은 때로 방종과 같았고 이는 소년들을 파멸에 이르게 하는 지름길이 되었다.

재욱은 혹시 이 사건에 아버지가 불미스럽게 연루된 것은 아닐까 걱정되어 아이들과 마주치지 않게 하려던 것이었다. 실종자를 구조해 영웅이 되고 싶었던 용감한 소년들과 다른 의미로, 아버지를 지키기 위한 산행을 오른 것이었다. 계부와 다른, 진정한 정을 준 친아버지를 지키고 싶었던 소년의 목적이 비밀스러운 동행으로 이어졌다.

"이제야 조금은 이해되는 것 같아요. 김중화가 왜 폐법당에 있을 거라고 했는지."

"그치. 본인의 죄업이 시작된 곳인데, 거기가 딱 목숨 끊기 좋잖아."

"정말 죽었을까요?"

"어허? 필수 네 입으로 그랬다. 편지 내용이 유서 같다며?"

"그렇긴 한데, 우리는 객관성을 잃었을지도 몰라요. 우리가 너무 사연에 취해서 순진하게 접근하는 것일 수도 있으니까. 김중화가 사람을 죽인 것도 맞고, 사체를 유기한 것도 맞는데, 편지가 그 죄들을 합리화하는 것처럼 들리는 것은 어쩔 수가 없네요."

"아휴, 모르겠다. 잠깐 앉았다 가자."

휴식 시간, 용훈은 물로 목을 축이고 필수는 다시 김중화의 편지를 읽었다. 유서의 형식이 가장 잘 느껴지는 마지막 장의 끝 문장들을 읽기 시작했다.

아들은 저를 지키려고 그렇게까지 했는데 저는…. 저의 죄를 덮으려던 것이 발단이 되어서 무고한 아이들이 죽고 제 아들까지 죽었습니다. 어찌 그 무전기가 아이들의 손에 들어갔을까요. 또 어찌 제 주인을 잃은 그것이 무전을 울렸을까요. 아무리 따져봐도 그건 있을 수 없는 일이었습니다. 그러다 든 생각은, 이 모든 건 망자의 원혼이 빚어낸 결과가 아닐까. 제가 할 수 있는 건 하나뿐입니다. 이제 빗장을 풀어야겠지요.

형사님이 편지를 보실 때 저는 더 이상 이 세상 사람이 아닐지도 모르겠네요. 그날 그 선택만 하지 않았다면, 제 살성을 베듯 아이들을 죽게 하고, 스스로를 해하는 일이 일어나지 않았을 거라고, 뒤늦은 후회가 밀려오지만 일어날 일은 반드시 일어난다는 이치가 떠오릅니다. 그것이 제 마지막 선택의 미천한 변명이 될 거 같네요.

그럼, 현생 평안히 계십시오. 고맙습니다.

김중화

용훈은 한 사건에 심하게 빠져 있었다. 그렇기에 객관성을 잃었을지도 모른다는 필수의 말에 허를 찔린 기분이었다. 수사의 일선에서 사건을 깊이 파고드는 사람과 객관적이고 이성적인 판단을 담보해야 하는 프로파일러의 눈에는 좁혀지지 않는 견해 차이가 있을 수밖에 없었다.

김중화는 정말 자신의 죗값을 치르기 위해 폐법당에서 스스로 목숨을 끊으려는 것일까. 용훈은 다시 한번 최대한 객관적으로 생각해보려 했다. 하지만 그는 자신이 예상하는 김중화의 운명에 여전히 의심의 여지가 없다고 결론을 내렸다. 이처럼 굳은 믿음이 생긴 데는 강무소와의 마지막 접견이 결정적으로 작용했다.

용훈은 구체적인 보고서 작성을 위해 강무소와 몇 번 더 접견을 진행했다. 그는 무엇보다 사건의 진범도 아닌 강무소가 어떻게 소년들이 묻힌 지점을 정확하게 약도로 그려낼 수 있었는지가 궁금했다.

"근데 너, 애들 묻힌 위치는 어떻게 알고 기가 막히게 그렸냐?"

용훈은 그저 때려 맞췄을 뿐이라는 대답을 예상했지만 강무소는 뜻밖의 말을 꺼내놓았다.

"그 노인네 짓인지는 모르지만 애들 죽은 자리에 께름칙한 게 있었거든."

"께름칙한 거? 그게 뭔데."

"애들 실종되고 얼마 안 지나서 나도 그 산에 자주 갔거든. 혹시라도 노인네가 수상한 기미를 보이면 잡아다 경찰서 끌고 가려. 물론 동굴에서 세간도 다 들고 나른 마당에 그 인간이 아직 거기 있을 리가 없었지. 그런데 산에 오를 때마다 동굴 근처에 이상한 게 있더라고."

"그러니까 그 이상한 게 뭔데?"

· "아무것도 없는 땅에 국화 한 송이가 주기적으로 놓이더라고. 그게 어디 사람 다니는 길이면 그냥 등산객이 추모랍시고 놔뒀나보다 할 텐데, 그쪽도 알다시피 거기가 인적 드문 산길이잖아."

"그렇게 수상한 걸 봤으면 째깍째깍 경찰에 알려야 할 거 아니냐, 새끼야."

용훈은 접견 내용을 기록하던 클립보드로 강무소의 머리를 내려치는 시늉을 했다. 강무소는 움찔하더니 이내 기세를 찾아 버럭 소리를 질렀다.

"나도 이미 전과가 있었어! 괜히 잘못 찔렀다가 덤터기 쓸 일 있어?"

"결국 빵에 들어와 있는 놈이 무슨…."

강무소는 몇 차례 산에 오르고도 김중화를 마주치지 못하자 능리산에 발길을 끊었다고 했다. 그가 김중화를 다시 만난 것은 정락교도소였다. 그의 얼굴을 보자 불현듯 능리산에 놓인 의문의 국화꽃이 떠올랐고, 기억을 더듬어 약도를 그린 뒤 용훈에게 편지를 보낸 것이었다. 꾸며낸 이야기라고는 생각되지 않을 만큼 강무소의 태도는 아주 자연스러웠다.

김중화는 아이들의 죽음을 기리며 그들이 묻힌 땅 위에 국화꽃 한 송이를 주기적으로 올리고 있었다. 자신의 과오를 덮으려던 순간의 판단이 소년들로 하여금 능리산에 오르게 했고, 아들의 죄를 덮으려던 이기심이 그들을 차가운 땅속에 영영 묻어버렸다. 돌이킬 수 없는 죄 앞에 김중화는 꽃을 놓으며 무슨 생각을 했을까. 아이들도, 자신의 아들도 다시는 돌아올 수 없다 단언하는 차가운 지하의 무덤 위에서. 자기 죄를 갚을 유일한 길은 그저 죽음뿐이라고 생각하지 않았을까.

용훈과 필수는 어느새 폐법당 앞에 도착했다. 을씨년스러운 분위기는 세월과 함께 농익어 더 짙은 서늘함을 드러내고 있었다.

"여기 안에 사체 두 구가 있다는 거죠?"

"하나는 파묻혀 있고 다른 하나는 적나라하게 죽은 채 발견되겠지."

"편지는 죽을 거처럼 유서 형식으로 쓰고 어딘가에서 몰래 살아갈 가능성은요?"

"직접 보면 될 거 아냐. 네 말이 맞나 내 말이 맞나."

"막상 문을 열려니까 괜히 긴장은 되네요."

살포시 빗장이 걸린 문을 열기 위해 용훈은 벌어진 틈으로 팔을 넣었다. 빗장이 풀리고 서서히 문이 열리며 이윽고 철저히 차단된 것만 같던 안과 밖의 세상은 녹슨 경첩의 이음새 소리로 다시금 연결이 되고 있었다.

그리고 문 너머 저곳을 바라보는 두 형사의 얼굴에 어디서부터 기인한지 모를 하얀빛이 비춰졌다. 저 문 너머에 전혀 기대감이 없던 얼굴은 어느새 놀라움을 금치 못할 얼굴이 되었고, 사뭇 진지하게 문을 열어봤던 얼굴은 더더욱 심오한 낯빛이 되더니 어느새 피실피실 웃음이 새어나왔다. 도무지 표정만으로 알 수 없는 저편의 세상이 상반된 두 사람의 얼굴에 아로새겨졌다.

수많은 시간으로 겹겹이 쌓은 진실의 빗장이 이제야 모두 풀리는 순간이었다.

악의 고해소

2024년 9월 19일 초판 1쇄 발행

지은이 오현후
펴낸이 이원주, 최세현 **경영고문** 박시형

책임편집 최연서 **디자인** 윤민지
기획개발실 강소라, 김유경, 강동욱, 박인애, 류지혜, 이채은, 조아라, 고정용, 박현조
마케팅실 양근모, 양봉호, 권금숙, 이도경 **온라인홍보팀** 신하은, 현나래, 최혜빈
디자인실 진미나, 정은예 **디지털콘텐츠팀** 최은정 **해외기획팀** 우정민, 배혜림
경영지원실 홍성택, 강신우, 김현우, 이윤재 **제작팀** 이진영
펴낸곳 팩토리나인 **출판신고** 2006년 9월 25일 제406-2006-000210호
주소 서울시 마포구 월드컵북로 396 누리꿈스퀘어 비즈니스타워 18층
전화 02-6712-9800 **팩스** 02-6712-9810 **이메일** info@smpk.kr

ⓒ 오현후(저작권자와 맺은 특약에 따라 검인을 생략합니다)
ISBN 979-11-94246-09-1 (03810)

쌤앤파커스(Sam&Parkers)는 독자 여러분의 책에 관한 아이디어와 원고 투고를 설레는 마음으로 기다리고 있습니다. 책으로 엮기를 원하는 아이디어가 있으신 분은 이메일 book@smpk.kr로 간단한 개요와 취지, 연락처 등을 보내주세요. 머뭇거리지 말고 문을 두드리세요. 길이 열립니다.